Bertolt Brecht
Der gute Mensch von Sezuan
Parabelstück

Suhrkamp Verlag

Geschrieben 1938/40
Mitarbeiter: R. Berlau, M. Steffin
Musik: Paul Dessau

77. Auflage 2018

Erste Auflage 1964
edition suhrkamp 73
Copyright 1955 Brecht-Erben und Suhrkamp Verlag Berlin.
Unser Text folgt der Einzelausgabe *Der gute Mensch von Sezuan*,
Frankfurt am Main 1963. Printed in Germany. Alle Rechte vorbehalten,
insbesondere das der Übersetzung, des öffentlichen Vortrags, des Rund-
funkvortrags und der Verfilmung, auch einzelner Abschnitte. Das
Recht der Aufführung ist nur vom Suhrkamp Verlag Berlin zu erwerben;
den Bühnen und Vereinen gegenüber als Manuskript gedruckt. Kein Teil
des Werkes darf in irgendeiner Form (durch Fotografie, Mikrofilm oder andere Verfahren) ohne schriftliche Genehmigung des Verlages reproduziert
oder unter Verwendung elektronischer Systeme verarbeitet, vervielfältigt
oder verbreitet werden. Satz in Linotype Garamond bei Verlagsdruckerei
Memminger Zeitung, Memmingen. Druck und Bindung bei CPI – Ebner &
Spiegel, Ulm. Gesamtausstattung Willy Fleckhaus.
ISBN 978-3-518-10073-8

Der gute Mensch von Sezuan

Die Provinz Sezuan der Parabel, die für alle Orte stand, an denen Menschen von Menschen ausgebeutet werden, gehört heute nicht mehr zu diesen Orten.

Vorspiel

Eine Straße in der Hauptstadt von Sezuan

Es ist Abend. Wang, der Wasserverkäufer, stellt sich dem Publikum vor.

WANG Ich bin Wasserverkäufer hier in der Hauptstadt von Sezuan. Mein Geschäft ist mühselig. Wenn es wenig Wasser gibt, muß ich weit danach laufen. Und gibt es viel, bin ich ohne Verdienst. Aber in unserer Provinz herrscht überhaupt große Armut. Es heißt allgemein, daß uns nur noch die Götter helfen können. Zu meiner unaussprechlichen Freude erfahre ich von einem Vieheinkäufer, der viel herumkommt, daß einige der höchsten Götter schon unterwegs sind und auch hier in Sezuan erwartet werden dürfen. Der Himmel soll sehr beunruhigt sein wegen der vielen Klagen, die zu ihm aufsteigen. Seit drei Tagen warte ich hier am Eingang der Stadt, besonders gegen Abend, damit ich sie als erster begrüßen kann. Später hätte ich ja dazu wohl kaum mehr Gelegenheit, sie werden von Hochgestellten umgeben sein und überhaupt stark überlaufen werden. Wenn ich sie nur erkenne! Sie müssen ja nicht zusammen kommen. Vielleicht kommen sie einzeln, damit sie nicht so auffallen. Die dort können es nicht sein, die kommen von der Arbeit. *Er betrachtet vorübergehende Arbeiter.* Ihre Schultern sind ganz eingedrückt vom Lastentragen. Der dort ist auch ganz unmöglich ein Gott, er hat Tinte an den Fingern. Das ist höchstens ein Büroangestellter in einer Zementfabrik. Nicht einmal diese Herren dort – *zwei Herren gehen vorüber* – kommen mir wie Götter vor, sie haben einen brutalen Ausdruck wie Leute, die viel prügeln, und das haben die Götter nicht nötig. Aber dort, diese drei! Mit denen sieht es schon ganz anders aus. Sie sind wohlgenährt, weisen kein Zeichen irgendeiner Beschäftigung auf und haben Staub auf den Schuhen, kommen also von weit her. Das sind sie! Verfügt über mich, Erleuchtete! *Er wirft sich zu Boden.*

DER ERSTE GOTT *erfreut:* Werden wir hier erwartet?

WANG *gibt ihnen zu trinken:* Seit langem. Aber nur ich wußte, daß ihr kommt.

DER ERSTE GOTT Da benötigen wir also für heute Nacht ein Quartier. Weißt du eines?

WANG Eines? Unzählige! Die Stadt steht zu euren Diensten, o Erleuchtete! Wo wünscht ihr zu wohnen?

Die Götter sehen einander vielsagend an.

DER ERSTE GOTT Nimm das nächste Haus, mein Sohn! Versuch es zunächst mit dem allernächsten!

WANG Ich habe nur etwas Sorge, daß ich mir die Feindschaft der Mächtigen zuziehe, wenn ich einen von ihnen besonders bevorzuge.

DER ERSTE GOTT Da befehlen wir dir eben: nimm den nächsten!

WANG Das ist der Herr Fo dort drüben! Geduldet euch einen Augenblick!

Er läuft zu einem Haus und schlägt an die Tür. Sie wird geöffnet, aber man sieht, er wird abgewiesen. Er kommt zögernd zurück.

Das ist dumm. Der Herr Fo ist gerade nicht zu Hause, und seine Dienerschaft wagt nichts ohne seinen Befehl zu tun, da er sehr streng ist. Er wird nicht wenig toben, wenn er erfährt, wen man ihm da abgewiesen hat, wie?

DIE GÖTTER *lächelnd:* Sicher.

WANG Also noch einen Augenblick! Das Haus nebenan gehört der Witwe Su. Sie wird außer sich sein vor Freude. *Er läuft hin, wird aber anscheinend auch dort abgewiesen.* Ich muß dort drüben nachfragen. Sie sagt, sie hat nur ein kleines Zimmerchen, das nicht instandgesetzt ist. Ich wende mich sofort an Herrn Tscheng.

DER ZWEITE GOTT Aber ein kleines Zimmer genügt uns. Sag, wir kommen.

WANG Auch wenn es nicht aufgeräumt ist? Vielleicht wimmelt es von Spinnen.

DER ZWEITE GOTT Das macht nichts. Wo Spinnen sind, gibt's wenig Fliegen.

DER DRITTE GOTT *freundlich zu Wang:* Geh zu Herrn Tscheng oder sonstwohin, mein Sohn, ich ekle mich vor Spinnen doch ein wenig.

Wang klopft wieder wo an und wird eingelassen.

STIMME AUS DEM HAUS Verschone uns mit deinen Göttern! Wir haben andere Sorgen!

WANG *zurück zu den Göttern:* Herr Tscheng ist außer sich, er hat das ganze Haus voll Verwandtschaft und wagt nicht, euch unter die Augen zu treten, Erleuchtete. Unter uns, ich glaube, es sind böse Menschen darunter, die er euch nicht zeigen will. Er hat zu große Furcht vor eurem Urteil. Das ist es.

DER DRITTE GOTT Sind wir denn so fürchterlich?

WANG Nur gegen die bösen Menschen, nicht wahr? Man weiß doch, daß die Provinz Kwan seit Jahrzehnten von Überschwemmungen heimgesucht wird.

DER ZWEITE GOTT So? Und warum das?

WANG Nun, weil dort keine Gottesfurcht herrscht.

DER ZWEITE GOTT Unsinn! Weil sie den Staudamm verfallen ließen.

DER ERSTE GOTT Ssst! *Zu Wang:* Hoffst du noch, mein Sohn?

WANG Wie kannst du so etwas fragen? Ich brauche nur ein Haus weiter zu gehen und kann mir ein Quartier für euch aussuchen. Alle Finger leckt man sich danach, euch zu bewirten. Unglückliche Zufälle, ihr versteht. Ich laufe!

Er geht zögernd weg und bleibt unschlüssig in der Straße stehen.

DER ZWEITE GOTT Was habe ich gesagt?

DER DRITTE GOTT Es können immer noch Zufälle sein.

DER ZWEITE GOTT Zufälle in Schun, Zufälle in Kwan und Zufälle in Sezuan! Es gibt keinen Gottesfürchtigen mehr, das ist die nackte Wahrheit, der ihr nicht ins Gesicht schauen wollt. Unsere Mission ist gescheitert, gebt es euch zu!

DER ERSTE GOTT Wir können immer noch gute Menschen finden, jeden Augenblick. Wir dürfen es uns nicht zu leicht machen.

DER DRITTE GOTT In dem Beschluß hieß es: die Welt kann bleiben, wie sie ist, wenn genügend gute Menschen gefunden werden, die ein menschenwürdiges Dasein leben können. Der Wasserverkäufer selber ist ein solcher Mensch, wenn mich nicht alles täuscht. *Er tritt zu Wang, der immer noch unschlüssig dasteht.*

DER ZWEITE GOTT Es täuscht ihn alles. Als der Wassermensch uns aus seinem Maßbecher zu trinken gab, sah ich was. Dies ist der Becher. *Er zeigt ihn dem ersten Gott.*

DER ERSTE GOTT Er hat zwei Böden.

DER ZWEITE GOTT Ein Betrüger!

DER ERSTE GOTT Schön, er fällt weg. Aber was ist das schon, wenn e i n e r angefault ist! Wir werden schon genug finden, die den Bedingungen genügen. Wir müssen einen finden! Seit zweitausend Jahren geht dieses Geschrei, es gehe nicht weiter mit der Welt, so wie sie ist. Niemand auf ihr könne gut bleiben. Wir müssen jetzt endlich Leute namhaft machen, die in der Lage sind, unsere Gebote zu halten.

DER DRITTE GOTT *zu Wang:* Vielleicht ist es zu schwierig, Obdach zu finden?

WANG Nicht für euch! Wo denkt ihr hin? Die Schuld, daß nicht gleich eines da ist, liegt an mir, der schlecht sucht.

DER DRITTE GOTT Das bestimmt nicht. *Er geht zurück.*

WANG Sie merken es schon. *Er spricht einen Herrn an:* Werter Herr, entschuldigen Sie, daß ich Sie anspreche, aber drei der höchsten Götter, von deren bevorstehender Ankunft ganz Sezuan schon seit Jahren spricht, sind nun wirklich eingetroffen und benötigen ein Quartier. Gehen Sie nicht weiter! Überzeugen Sie sich selber! Ein Blick genügt! Greifen Sie um Gottes willen zu! Es ist eine einmalige Gelegenheit! Bitten Sie die Götter zuerst unter Ihr Dach, bevor sie Ihnen jemand wegschnappt, sie werden zusagen.

Der Herr ist weitergegangen.

Wang wendet sich an einen anderen: Lieber Herr, Sie haben gehört, was los ist. Haben Sie vielleicht ein Quartier? Es müssen keine Palastzimmer sein. Die Gesinnung ist wichtiger.

DER HERR Wie soll ich wissen, was deine Götter für Götter sind? Wer weiß, wen man da unter sein Dach bekommt.

Er geht in einen Tabakladen. Wang läuft zurück zu den Dreien.

WANG Ich habe schon einen Herrn, der bestimmt zusagt. *Er sieht seinen Becher auf dem Boden stehen, sieht verwirrt nach den Göttern, nimmt ihn an sich und läuft wieder zurück.*

DER ERSTE GOTT Das klingt nicht ermutigend.

WANG *als der Mann wieder aus dem Laden herauskommt:* Wie ist es also mit der Unterkunft?

DER MANN Woher weißt du, daß ich nicht selber im Gasthof wohne?

DER ERSTE GOTT Er findet nichts. Dieses Sezuan können wir auch streichen.

WANG Es sind drei der Hauptgötter! Wirklich! Ihre Stand-
    bilder in den Tempeln sind sehr gut getroffen. Wenn Sie
    schnell hingehen und sie einladen, werden sie vielleicht
    zusagen.

DER MANN *lacht:* Das müssen schöne Gauner sein, die du da
    wo unterbringen willst. *Ab*

WANG *schimpft ihm nach:* Du schieläugiger Schieber! Hast
    du keine Gottesfurcht? Ihr werdet in siedendem Pech
    braten für eure Gleichgültigkeit! Die Götter scheißen
    auf euch! Aber ihr werdet es noch bereuen! Bis ins vierte
    Glied werdet ihr daran abzuzahlen haben! Ihr habt
    ganz Sezuan mit Schmach bedeckt! *Pause.* Jetzt bleibt
    nur noch die Prostituierte Shen Te, die kann nicht nein
    sagen.
    Er ruft: »Shen Te«. *Oben im Fenster schaut Shen Te
    heraus.*
    Sie sind da, ich kann kein Obdach für sie finden. Kannst
    du sie nicht aufnehmen für eine Nacht?

SHEN TE Ich glaube nicht, Wang. Ich erwarte einen Freier.
    Aber wie kann denn das sein, daß du für sie kein Ob-
    dach findest?!

WANG Das kann ich jetzt nicht sagen. Ganz Sezuan ist ein
    einziger Dreckhaufen.

SHEN TE Ich müßte, wenn er kommt, mich versteckt halten.
    Dann ginge er vielleicht wieder weg. Er will mich noch
    ausführen.

WANG Können wir nicht inzwischen schon hinauf?

SHEN TE Aber ihr dürft nicht laut reden. Kann man mit
    ihnen offen sprechen?

WANG Nein! Sie dürfen von deinem Gewerbe nichts er-
    fahren! Wir warten lieber unten. Aber du gehst nicht
    weg mit ihm?

SHEN TE Es geht mir nicht gut, und wenn ich bis morgen

früh meine Miete nicht zusammen habe, werde ich hinausgeworfen.

WANG In solch einem Augenblick darf man nicht rechnen.

SHEN TE Ich weiß nicht, der Magen knurrt leider auch, wenn der Kaiser Geburtstag hat. Aber gut, ich will sie aufnehmen.

Man sieht sie das Licht löschen.

DER ERSTE GOTT Ich glaube, es ist aussichtslos.

Sie treten zu Wang.

WANG *erschrickt, als er sie hinter sich stehen sieht:* Das Quartier ist beschafft. *Er trocknet sich den Schweiß ab.*

DIE GÖTTER Ja? Dann wollen wir hingehen.

WANG Es hat nicht solche Eile. Laßt euch ruhig Zeit. Das Zimmer wird noch in Ordnung gebracht.

DER DRITTE GOTT So wollen wir uns hierhersetzen und warten.

WANG Aber es ist viel zuviel Verkehr hier, fürchte ich. Vielleicht gehen wir dort hinüber.

DER ZWEITE GOTT Wir sehen uns gern Menschen an. Gerade dazu sind wir hier.

WANG Nur: es zieht.

DER ZWEITE GOTT Oh, wir sind abgehärtete Leute.

WANG Aber vielleicht wünscht ihr, daß ich euch das nächtliche Sezuan zeige? Wir machen einen kleinen Spaziergang?

DER DRITTE GOTT Wir sind heute schon ziemlich viel gegangen. *Lächelnd:* Aber wenn du willst, daß wir von hier weggehen, dann brauchst du es doch nur zu sagen.

Sie gehen zurück.

Ist es dir hier angenehm?

Sie setzen sich auf eine Haustreppe. Wang setzt sich etwas abseits auf den Boden.

WANG *mit einem Anlauf:* Ihr wohnt bei einem alleinstehenden Mädchen. Sie ist der beste Mensch von Sezuan.

DER DRITTE GOTT Das ist schön.

WANG *zum Publikum:* Als ich vorhin den Becher aufhob, sahen sie mich so eigentümlich an. Sollten sie etwas gemerkt haben? Ich wage ihnen nicht mehr in die Augen zu blicken.

DER DRITTE GOTT Du bist sehr erschöpft.

WANG Ein wenig. Vom Laufen.

DER ERSTE GOTT Haben es die Leute hier sehr schwer?

WANG Die guten schon.

DER ERSTE GOTT *ernst:* Du auch?

WANG Ich weiß, was ihr meint. Ich bin nicht gut. Aber ich habe es auch nicht leicht.

Inzwischen ist ein Herr vor dem Haus Shen Te's erschienen und hat mehrmals gepfiffen. Wang ist jedesmal zusammengezuckt.

DER DRITTE GOTT *leise zu Wang:* Ich glaube, jetzt ist er weggegangen.

WANG *verwirrt:* Jawohl.

Er steht auf und läuft auf den Platz, sein Traggerät zurücklassend. Aber es hat sich bereits folgendes ereignet: Der wartende Mann ist weggegangen, und Shen Te, leise aus der Tür tretend und leise »Wang« rufend, ist, Wang suchend, die Straße hinuntergegangen. Als nun Wang leise »Shen Te« ruft, bekommt er keine Antwort.

Sie hat mich im Stich gelassen. Sie ist weggegangen, um ihre Miete zusammenzubekommen, und ich habe kein Quartier für die Erleuchteten. Sie sind müde und warten. Ich kann ihnen nicht noch einmal kommen mit: Es ist nichts! Mein eigener Unterschlupf, ein Kanalrohr, kommt nicht in Frage. Auch würden die Götter bestimmt nicht bei einem Menschen wohnen wollen, dessen betrügerische Geschäfte sie durchschaut haben. Ich gehe nicht zurück, um nichts in der Welt. Aber mein Traggerät liegt dort. Was machen? Ich wage nicht, es zu holen. Ich will weggehen von der Hauptstadt und mich irgendwo verbergen vor ihren Augen, da es mir nicht gelungen ist, für sie etwas zu tun, die ich verehre. *Er stürzt fort.*

Kaum ist er fort, kommt Shen Te zurück, sucht auf der anderen Seite und sieht die Götter.

SHEN TE Seid ihr die Erleuchteten? Mein Name ist Shen Te. Ich würde mich freuen, wenn ihr mit meiner Kammer vorlieb nehmen wolltet.

DER DRITTE GOTT Aber wo ist denn der Wasserverkäufer hin?

SHEN TE Ich muß ihn verfehlt haben.

DER ERSTE GOTT Er muß gemeint haben, du kämst nicht, und da hat er sich nicht mehr zu uns getraut.

DER DRITTE GOTT *nimmt das Traggerät auf:* Wir wollen es bei dir einstellen. Er braucht es. *Sie gehen, von Shen Te geführt, ins Haus.*

Es wird dunkel und wieder hell. In der Morgendämmerung treten die Götter aus der Tür, geführt von Shen Te, die ihnen mit einer Lampe leuchtet. Sie verabschieden sich.

DER ERSTE GOTT Liebe Shen Te, wir danken dir für deine Gastlichkeit. Wir werden nicht vergessen, daß du es warst, die uns aufgenommen hat. Und gib dem Wasserverkäufer sein Gerät zurück und sage ihm, daß wir auch ihm danken, weil er uns einen guten Menschen gezeigt hat.

SHEN TE Ich bin nicht gut. Ich muß euch ein Geständnis machen: als Wang mich für euch um Obdach anging, schwankte ich.

DER ERSTE GOTT Schwanken macht nichts, wenn man nur siegt. Wisse, daß du uns mehr gabst als ein Nachtquartier. Vielen, darunter sogar einigen von uns Göttern, sind Zweifel aufgestiegen, ob es überhaupt noch gute Menschen gibt. Hauptsächlich um dies festzustellen, haben wir unsere Reise angetreten. Freudig setzen wir sie jetzt fort, da wir einen schon gefunden haben. Auf Wiedersehen!

SHEN TE Halt, Erleuchtete, ich bin gar nicht sicher, daß ich gut bin. Ich möchte es wohl sein, nur, wie soll ich meine Miete bezahlen? So will ich es euch denn gestehen: ich verkaufe mich, um leben zu können, aber selbst damit kann ich mich nicht durchbringen, da es so viele gibt, die dies tun müssen. Ich bin zu allem bereit, aber wer ist das nicht? Freilich würde ich glücklich sein, die Gebote halten zu können der Kindesliebe und der Wahrhaftigkeit. Nicht begehren meines Nächsten Haus, wäre mir eine Freude, und einem Mann anhängen in Treue, wäre mir angenehm. Auch ich möchte aus keinem meinen Nutzen ziehen und den Hilflosen nicht berauben. Aber wie soll ich dies alles? Selbst wenn ich einige Gebote nicht halte, kann ich kaum durchkommen.

DER ERSTE GOTT Dies alles, Shen Te, sind nichts als die Zweifel eines guten Menschen.

DER DRITTE GOTT Leb wohl, Shen Te! Grüße mir auch den Wasserträger recht herzlich. Er war uns ein guter Freund.

DER ZWEITE GOTT Ich fürchte, es ist ihm schlecht bekommen.

DER DRITTE GOTT Laß es dir gut gehen!

DER ERSTE GOTT Vor allem sei gut, Shen Te! Leb wohl!
Sie wenden sich zum Gehen. Sie winken schon.

SHEN TE *angstvoll:* Aber ich bin meiner nicht sicher, Erleuchtete. Wie soll ich gut sein, wo alles so teuer ist?

DER ZWEITE GOTT Da können wir leider nichts tun. In das Wirtschaftliche können wir uns nicht mischen.

DER DRITTE GOTT Halt! Wartet einen Augenblick! Wenn sie etwas mehr hätte, könnte sie es vielleicht eher schaffen.

DER ZWEITE GOTT Wir können ihr nichts geben. Das könnten wir oben nicht verantworten.

DER ERSTE GOTT Warum nicht?

Sie stecken die Köpfe zusammen und diskutieren aufgeregt.

Der erste Gott zu Shen Te, verlegen: Wir hören, du hast deine Miete nicht zusammen. Wir sind keine armen Leute und bezahlen natürlich unser Nachtlager! Hier! *Er gibt ihr Geld.* Sprich aber zu niemand darüber, daß wir bezahlten. Es könnte mißdeutet werden.

DER ZWEITE GOTT Sehr.

DER DRITTE GOTT Nein, das ist erlaubt. Wir können ruhig unser Nachtlager bezahlen. In dem Beschluß stand kein Wort dagegen. Also auf Wiedersehen!

Die Götter schnell ab

Ein kleiner Tabakladen

Der Laden ist noch nicht ganz eingerichtet und noch nicht eröffnet.

SHEN TE *zum Publikum:* Drei Tage ist es her, seit die Götter weggezogen sind. Sie sagten, sie wollten mir ihr Nachtlager bezahlen. Und als ich sah, was sie mir gegeben hatten, sah ich, daß es über tausend Silberdollar waren. – Ich habe mir mit dem Geld einen Tabakladen gekauft. Gestern bin ich hier eingezogen, und ich hoffe, jetzt viel Gutes tun zu können. Da ist zum Beispiel die Frau Shin, die frühere Besitzerin des Ladens. Schon gestern kam sie und bat mich um Reis für ihre Kinder. Auch heute sehe ich sie wieder über den Platz kommen mit ihrem Topf.

Herein die Shin. Die Frauen verbeugen sich voreinander.

Guten Tag, Frau Shin.

DIE SHIN Guten Tag, Fräulein Shen Te. Wie gefällt es Ihnen in Ihrem neuen Heim?

SHEN TE Gut. Wie haben Ihre Kinder die Nacht zugebracht?

DIE SHIN Ach, in einem fremden Haus, wenn man diese Baracke ein Haus nennen darf. Das Kleinste hustet schon.

SHEN TE Das ist schlimm.

DIE SHIN Sie wissen ja gar nicht, was schlimm ist, Ihnen geht es gut. Aber Sie werden noch allerhand Erfahrungen machen in dieser Bude. Dies ist ein Elendsviertel.

SHEN TE Mittags kommen doch, wie Sie mir sagten, die Arbeiter aus der Zementfabrik?

DIE SHIN Aber sonst kauft kein Mensch, nicht einmal die Nachbarschaft.

SHEN TE Davon sagten Sie mir nichts, als Sie mir den Laden verkauften.

DIE SHIN Machen Sie mir nur nicht jetzt auch noch Vorwürfe! Zuerst rauben Sie mir und meinen Kindern das Heim und dann heißt es eine Bude und Elendsviertel. Das ist der Gipfel. *Sie weint.*

SHEN TE *schnell:* Ich hole Ihnen gleich den Reis.

DIE SHIN Ich wollte Sie auch bitten, mir etwas Geld zu leihen.

SHEN TE *während sie ihr den Reis in den Topf schüttet:* Das kann ich nicht. Ich habe doch noch nichts verkauft.

DIE SHIN Ich brauche es aber. Von was soll ich leben? Sie haben mir alles weggenommen. Jetzt drehen Sie mir die Gurgel zu. Ich werde Ihnen meine Kinder vor die Schwelle setzen, Sie Halsabschneiderin! *Sie reißt ihr den Topf aus den Händen.*

SHEN TE Seien Sie nicht so zornig! Sie schütten noch den Reis aus!

Herein ein ältliches Paar und ein schäbig gekleideter Mensch.

DIE FRAU Ach, meine liebe Shen Te, wir haben gehört, daß es dir jetzt so gut geht. Du bist ja eine Geschäftsfrau geworden! Denk dir, wir sind eben ohne Bleibe. Unser Tabakladen ist eingegangen. Wir haben uns gefragt, ob wir nicht bei dir für eine Nacht unterkommen können. Du kennst meinen Neffen? Er ist mitgekommen, er trennt sich nie von uns.

DER NEFFE *sich umschauend:* Hübscher Laden!

DIE SHIN Was sind denn das für welche?

SHEN TE Als ich vom Land in die Stadt kam, waren sie meine ersten Wirtsleute. *Zum Publikum:* Als mein bißchen Geld ausging, hatten sie mich auf die Straße gesetzt.

Sie fürchten vielleicht, daß ich jetzt nein sage. Sie sind arm.

Sie sind ohne Obdach.
Sie sind ohne Freunde.
Sie brauchen jemand.
Wie könnte man da nein sagen?

Freundlich zu den Ankömmlingen: Seid willkommen! Ich will euch gern Obdach geben. Allerdings habe ich nur ein kleines Kämmerchen hinter dem Laden.

DER MANN Das genügt uns. Mach dir keine Sorge.

DIE FRAU *während Shen Te Tee bringt:* Wir lassen uns am besten hier hinten nieder, damit wir dir nicht im Weg sind. Du hast wohl einen Tabakladen in Erinnerung an dein erstes Heim gewählt? Wir werden dir einige Winke geben können. Das ist auch der Grund, warum wir zu dir kommen.

DIE SHIN *höhnisch:* Hoffentlich kommen auch Kunden?

DIE FRAU Das geht wohl auf uns?

DER MANN Psst! Da ist schon ein Kunde!

Ein abgerissener Mann tritt ein.

DER ABGERISSENE MANN Entschuldigen Sie. Ich bin arbeitslos.

Die Shin lacht.

SHEN TE Womit kann ich Ihnen dienen?

DER ARBEITSLOSE Ich höre, Sie eröffnen morgen. Da dachte ich, beim Auspacken wird manchmal etwas beschädigt. Haben Sie eine Zigarette übrig?

DIE FRAU Das ist stark, Tabak zu betteln! Wenn es noch Brot wäre!

DER ARBEITSLOSE Brot ist teuer. Ein paar Züge aus einer Zigarette, und ich bin ein neuer Mensch. Ich bin so kaputt.

SHEN TE *gibt ihm Zigaretten:* Das ist wichtig, ein neuer
Mensch zu sein. Ich will meinen Laden mit Ihnen eröff-
nen, Sie werden mir Glück bringen.
Der Arbeitslose zündet sich schnell eine Zigarette an,
inhaliert und geht hustend ab.
DIE FRAU War das richtig, liebe Shen Te?
DIE SHIN Wenn Sie den Laden so eröffnen, werden Sie ihn
keine drei Tage haben.
DER MANN Ich wette, er hatte noch Geld in der Tasche.
SHEN TE Er sagte doch, daß er nichts hat.
DER NEFFE Woher wissen Sie, daß er Sie nicht angelogen
hat?
SHEN TE *aufgebracht:* Woher weiß ich, daß er mich ange-
logen hat!
DIE FRAU *kopfschüttelnd:* Sie kann nicht nein sagen! Du
bist zu gut, Shen Te. Wenn du deinen Laden behalten
willst, mußt du die eine oder andere Bitte abschlagen
können.
DER MANN Sag doch, er gehört dir nicht. Sag, er gehört
einem Verwandten, einem Vetter zum Beispiel, der von
dir genaue Abrechnung verlangt. Kannst du das nicht?
DIE SHIN Das könnte man, wenn man sich nicht immer als
Wohltäterin aufspielen müßte.
SHEN TE *lacht:* Schimpft nur! Ich werde euch gleich das
Quartier aufsagen, und den Reis werde ich zurückschüt-
ten!
DIE FRAU *entsetzt:* Ist der Reis auch von dir?
SHEN TE *zum Publikum:*

Sie sind schlecht.
Sie sind niemandes Freund.
Sie gönnen keinem einen Topf Reis.
Sie brauchen alles selber.
Wer könnte sie schelten?

Herein ein kleiner Mann.

DIE SHIN *sieht ihn an und bricht hastig auf:* Ich sehe morgen wieder her. *Ab*

DER KLEINE MANN *ruft ihr nach:* Halt, Frau Shin! Sie brauche ich gerade!

DIE FRAU Kommt die regelmäßig? Hat sie denn einen Anspruch an dich?

SHEN TE Sie hat keinen Anspruch, aber sie hat Hunger: das ist mehr.

DER KLEINE MANN Die weiß, warum sie rennt. Sind Sie die neue Ladeninhaberin? Ach, Sie packen schon die Stellagen voll! Aber die gehören Ihnen nicht, Sie! Außer Sie bezahlen sie. Das Lumpenpack, das hier gesessen ist, hat sie nicht bezahlt. *Zu den andern:* Ich bin nämlich der Schreiner.

SHEN TE Aber ich dachte, das gehört zur Einrichtung, die ich bezahlt habe?

DER SCHREINER Betrug! Alles Betrug! Sie stecken natürlich mit dieser Shin unter einer Decke! Ich verlange meine 100 Silberdollar, so wahr ich Lin To heiße.

SHEN TE Wie soll ich das bezahlen, ich habe kein Geld mehr.

DER SCHREINER Dann lasse ich Sie einsteigern. Sofort! Sie bezahlen sofort, oder ich lasse Sie einsteigern.

DER MANN *souffliert Shen Te:* Vetter!

SHEN TE Kann es nicht im nächsten Monat sein?

DER SCHREINER *schreiend:* Nein!

SHEN TE Seien Sie nicht hart, Herr Lin To. Ich kann nicht allen Forderungen sofort nachkommen.
Zum Publikum:

Ein wenig Nachsicht und die Kräfte verdoppeln sich.
Sieh, der Karrengaul hält vor einem Grasbüschel:
Ein Durch-die-Finger-Sehen und der Gaul zieht besser.

22

Noch im Juni ein wenig Geduld und der Baum
Beugt sich im August unter den Pfirsichen. Wie
Sollen wir zusammen leben ohne Geduld?
Mit einem kleinen Aufschub
Werden die weitesten Ziele erreicht.

Zum Schreiner: Nur ein Weilchen gedulden Sie sich,
Herr Lin To!

DER SCHREINER Und wer geduldet sich mit mir und mit
meiner Familie? *Er rückt eine Stellage von der Wand,
als wolle er sie mitnehmen.* Sie bezahlen, oder ich nehme
die Stellagen mit!

DIE FRAU Meine liebe Shen Te, warum übergibst du nicht
deinem Vetter die Angelegenheit? *Zum Schreiner:*
Schreiben Sie Ihre Forderung auf und Fräulein Shen
Te's Vetter wird bezahlen.

DER SCHREINER Solche Vettern kennt man!

DER NEFFE Lach nicht so dumm! Ich kenne ihn persönlich.

DER MANN Ein Mann wie ein Messer.

DER SCHREINER Schön, er soll meine Rechnung haben.
*Er kippt die Stellage um, setzt sich darauf und schreibt
seine Rechnung.*

DIE FRAU *zu Shen Te:* Er wird dir das Hemd vom Leibe
reißen für seine paar Bretter, wenn ihm nicht Halt geboten wird. Erkenne nie eine Forderung an, berechtigt
oder nicht, denn sofort wirst du überrannt mit Forderungen, berechtigt oder nicht. Wirf ein Stück Fleisch in
eine Kehrrichttonne, und alle Schlachterhunde des Viertels beißen sich in deinem Hof. Wozu gibt's die Gerichte?

SHEN TE Die Gerichte werden ihn nicht ernähren, wenn
seine Arbeit es nicht tut. Er hat gearbeitet und will nicht
leer ausgehen. Und er hat seine Familie. Es ist schlimm,
daß ich ihn nicht bezahlen kann! Was werden die Götter
sagen?

DER MANN Du hast dein Teil getan, als du uns aufnahmst, das ist übergenug.

Herein ein hinkender Mann und eine schwangere Frau.

DER HINKENDE *zum Paar:* Ach, hier seid ihr! Ihr seid ja saubere Verwandte! Uns einfach an der Straßenecke stehen zu lassen!

DIE FRAU *verlegen zu Shen Te:* Das ist mein Bruder Wung und die Schwägerin. *Zu den beiden:* Schimpft nicht und setzt euch ruhig in die Ecke, damit ihr Fräulein Shen Te, unsere alte Freundin, nicht stört. *Zu Shen Te:* Ich glaube, wir müssen die beiden aufnehmen, da die Schwägerin im fünften Monat ist. Oder bist du nicht der Ansicht?

SHEN TE Seid willkommen!

DIE FRAU Bedankt euch. Schalen stehen dort hinten. *Zu Shen Te:* Die hätten überhaupt nicht gewußt, wohin. Gut, daß du den Laden hast!

SHEN TE *lachend zum Publikum, Tee bringend:* Ja, gut, daß ich ihn habe!

Herein die Hausbesitzerin, Frau Mi Tzü, ein Formular in der Hand.

DIE HAUSBESITZERIN Fräulein Shen Te, ich bin die Hausbesitzerin, Frau Mi Tzü. Ich hoffe, wir werden gut miteinander auskommen. Das ist ein Mietskontrakt. *Während Shen Te den Kontrakt durchliest:* Ein schöner Augenblick, die Eröffnung eines kleinen Geschäfts, nicht wahr, meine Herrschaften? *Sie schaut sich um.* Ein paar Lücken sind ja noch auf den Stellagen, aber es wird schon gehen. Einige Referenzen werden Sie mir wohl beibringen können?

SHEN TE Ist das nötig?

DIE HAUSBESITZERIN Aber ich weiß doch gar nicht, wer Sie sind.

DER MANN Vielleicht könnten wir für Fräulein Shen Te

bürgen? Wir kennen sie, seit sie in die Stadt gekommen ist, und legen jederzeit die Hand für sie ins Feuer.

DIE HAUSBESITZERIN Und wer sind Sie?

DER MANN Ich bin der Tabakhändler Ma Fu.

DIE HAUSBESITZERIN Wo ist ihr Laden?

DER MANN Im Augenblick habe ich keinen Laden. Sehen Sie, ich habe ihn eben verkauft.

DIE HAUSBESITZERIN So. *Zu Shen Te:* Und sonst haben Sie niemand, bei dem ich über Sie Auskünfte einholen kann?

DIE FRAU *souffliert:* Vetter! Vetter!

DIE HAUSBESITZERIN Sie müssen doch jemand haben, der mir dafür Gewähr bietet, was ich ins Haus bekomme. Das ist ein respektables Haus, meine Liebe. Ohne das kann ich mit Ihnen überhaupt keinen Kontrakt abschließen.

SHEN TE *langsam, mit niedergeschlagenen Augen:* Ich habe einen Vetter.

DIE HAUSBESITZERIN Ach, Sie haben einen Vetter. Am Platz? Da können wir doch gleich hingehen. Was ist er?

SHEN TE Er wohnt nicht hier, sondern in einer anderen Stadt.

DIE FRAU Sagtest du nicht in Schun?

SHEN TE Herr . . . Shui Ta. In Schun!

DER MANN Aber den kenne ich ja überhaupt! Ein Großer, Dürrer.

DER NEFFE *zum Schreiner:* Sie haben doch auch mit Fräulein Shen Te's Vetter verhandelt! Über die Stellagen!

DER SCHREINER *mürrisch:* Ich schreibe für ihn gerade die Rechnung aus. Da ist sie! *Er übergibt sie.* Morgen früh komme ich wieder! *Ab*

DER NEFFE *ruft ihm nach, auf die Hausbesitzerin schielend:* Seien Sie ganz ruhig, der Herr Vetter bezahlt es!

DIE HAUSBESITZERIN *Shen Te scharf musternd:* Nun, es wird

mich auch freuen, ihn kennenzulernen. Guten Abend, Fräulein. *Ab*

DIE FRAU *nach einer Pause:* Jetzt kommt alles auf! Du kannst sicher sein, morgen früh weiß die Bescheid über dich.

DIE SCHWÄGERIN *leise zum Neffen:* Das wird hier nicht lange dauern!

Herein ein Greis, geführt von einem Jungen.

DER JUNGE *nach hinten:* Da sind sie.

DIE FRAU Guten Tag, Großvater. *Zu Shen Te:* Der gute Alte! Er hat sich wohl um uns gesorgt. Und der Junge, ist er nicht groß geworden? Er frißt wie ein Scheunendrescher. Wen habt ihr denn noch alles mit?

DER MANN *hinausschauend:* Nur noch die Nichte.

DIE FRAU *zu Shen Te:* Eine junge Verwandte vom Land. Hoffentlich sind wir dir nicht zu viele. So viele waren wir noch nicht, als du bei uns wohntest, wie? Ja, wir sind immer mehr geworden. Je schlechter es ging, desto mehr wurden wir. Und je mehr wir wurden, desto schlechter ging es. Aber jetzt riegeln wir hier ab, sonst gibt es keine Ruhe.

Sie sperrt die Türe zu, und alle setzen sich.

Die Hauptsache ist, daß wir dich nicht im Geschäft stören. Denn wovon soll sonst der Schornstein rauchen? Wir haben uns das so gedacht: am Tag gehen die Jüngeren weg, und nur der Großvater, die Schwägerin und vielleicht ich bleiben. Die anderen sehen höchstens einmal oder zweimal herein untertags, nicht? Zündet die Lampe dort an und macht es euch gemütlich.

DER NEFFE *humoristisch:* Wenn nur nicht der Vetter heut nacht hereinplatzt, der gestrenge Herr Shui Ta!

Die Schwägerin lacht.

DER BRUDER *langt nach einer Zigarette:* Auf eine wird es wohl nicht ankommen!

DER MANN Sicher nicht.

Alle nehmen sich zu rauchen. Der Bruder reicht einen Krug Wein herum.

DER NEFFE Der Vetter bezahlt es!

DER GROSSVATER *ernst zu Shen Te:* Guten Tag!

Shen Te, verwirrt durch die späte Begrüßung, verbeugt sich. Sie hat in der einen Hand die Rechnung des Schreiners, in der andern den Mietskontrakt.

DIE FRAU Könnt ihr nicht etwas singen, damit die Gastgeberin etwas Unterhaltung hat?

DER NEFFE Der Großvater fängt an!

Sie singen:

»DAS LIED VOM RAUCH«

DER GROSSVATER

Einstmals, vor das Alter meine Haare bleichte
Hofft' mit Klugheit ich mich durchzuschlagen.
Heute weiß ich, keine Klugheit reichte
Je, zu füllen eines armen Mannes Magen.
   Darum sagt' ich: laß es!
   Sieh den grauen Rauch
   Der in immer kältre Kälten geht: so
   Gehst du auch.

DER MANN

Sah den Redlichen, den Fleißigen geschunden
So versucht' ich's mit dem krummen Pfad.
Doch auch der führt unsereinen nur nach unten
Und so weiß ich mir halt fürder keinen Rat.
   Und so sag ich: laß es!
   Sieh den grauen Rauch
   Der in immer kältre Kälten geht: so
   Gehst du auch.

DIE NICHTE

Die da alt sind, hör ich, haben nichts zu hoffen
Denn nur Zeit schafft's, und an Zeit gebricht's.
Doch uns Jungen, hör ich, steht das Tor weit offen
Freilich, hör ich, steht es offen nur ins Nichts.
Und auch ich sag: laß es!
Sieh den grauen Rauch
Der in immer kältre Kälten geht: so
Gehst du auch.

DER NEFFE Woher hast du den Wein?

DIE SCHWÄGERIN Er hat den Sack mit Tabak versetzt.

DER MANN Was? Dieser Tabak war das einzige, das uns
noch blieb! Nicht einmal für ein Nachtlager haben wir
ihn angegriffen! Du Schwein!

DER BRUDER Nennst du mich ein Schwein, weil es meine
Frau friert? Und hast selber getrunken? Gib sofort den
Krug her!

Sie raufen sich. Die Tabakstellagen stürzen um.

SHEN TE *beschwört sie:* Oh, schont den Laden, zerstört
nicht alles! Er ist ein Geschenk der Götter! Nehmt euch,
was da ist, aber zerstört es nicht!

DIE FRAU *skeptisch:* Der Laden ist kleiner, als ich dachte.
Wir hätten vielleicht doch nicht der Tante und den
andern davon erzählen sollen. Wenn sie auch noch kommen, wird es eng hier.

DIE SCHWÄGERIN Die Gastgeberin ist auch schon ein wenig
kühler geworden!

*Von draußen kommen Stimmen, und es wird an die
Tür geklopft.*

RUFE Macht auf! – Wir sind es!

DIE FRAU Bist du es, Tante? Was machen wir da?

SHEN TE Mein schöner Laden! O Hoffnung! Kaum eröffnet, ist er schon kein Laden mehr! *Zum Publikum:*

Der Rettung kleiner Nachen
Wird sofort in die Tiefe gezogen:
Zu viele Versinkende
Greifen gierig nach ihm.

RUFE *von draußen:* Macht auf!

Zwischenspiel
Unter einer Brücke

Am Fluß kauert der Wasserverkäufer.

WANG *sich umblickend:* Alles ruhig. Seit vier Tagen verberge ich mich jetzt schon. Sie können mich nicht finden, da ich die Augen offen halte. Ich bin absichtlich entlang ihrer Wegrichtung geflohen. Am zweiten Tage haben sie die Brücke passiert, ich hörte ihre Schritte über mir. Jetzt müssen sie schon weit weg sein, ich bin vor ihnen sicher.

Er hat sich zurückgelegt und schläft ein. Musik. Die Böschung wird durchsichtig, und es erscheinen die Götter. Wang hebt den Arm vors Gesicht, als sollte er geschlagen werden: Sagt nichts, ich weiß alles! Ich habe niemand gefunden, der euch aufnehmen will, in keinem Haus! Jetzt wißt ihr es! Jetzt geht weiter!

DER ERSTE GOTT Doch, du hast jemand gefunden. Als du weg warst, kam er. Er nahm uns auf für die Nacht, er behütete unseren Schlaf, und er leuchtete uns mit einer Lampe am Morgen, als wir ihn verließen. Du aber hast ihn uns genannt als einen guten Menschen, und er war gut.

WANG So war es Shen Te, die euch aufnahm?

DER DRITTE GOTT Natürlich.

WANG Und ich Kleingläubiger bin fortgelaufen! Nur weil ich dachte: sie kann nicht kommen. Da es ihr schlecht geht, kann sie nicht kommen.

DIE GÖTTER
O du schwacher
Gut gesinnter, aber schwacher Mensch!
Wo da Not ist, denkt er, gibt es keine Güte!

Wo Gefahr ist, denkt er, gibt es keine Tapferkeit!
O Schwäche, die an nichts ein gutes Haar läßt!
O schnelles Urteil! O leichtfertige Verzweiflung!

WANG Ich schäme mich sehr, Erleuchtete!

DER ERSTE GOTT Und jetzt, Wasserverkäufer, tu uns den
Gefallen und geh schnell zurück nach der Hauptstadt
und sieh nach der guten Shen Te dort, damit du uns von
ihr berichten kannst. Es geht ihr jetzt gut. Sie soll das
Geld zu einem kleinen Laden bekommen haben, so daß
sie dem Zug ihres milden Herzens ganz folgen kann.
Bezeig du Interesse an ihrer Güte, denn keiner kann
lang gut sein, wenn nicht Güte verlangt wird. Wir aber
wollen weiter wandern und suchen und noch andere
Menschen finden, die unserem guten Menschen von
Sezuan gleichen, damit das Gerede aufhört, daß es für
die Guten auf unserer Erde nicht mehr zu leben ist.
Sie verschwinden.

2

Der Tabakladen

Überall schlafende Leute. Die Lampe brennt noch. Es klopft.

DIE FRAU *erhebt sich schlaftrunken:* Shen Te! Es klopft! Wo ist sie denn?

DER NEFFE Sie holt wohl Frühstück. Der Herr Vetter bezahlt es!

Die Frau lacht und schlurft zur Tür. Herein ein junger Herr, hinter ihm der Schreiner.

DER JUNGE HERR Ich bin der Vetter.

DIE FRAU *aus den Wolken fallend:* Was sind Sie?

DER JUNGE HERR Mein Name ist Shui Ta.

DIE GÄSTE *sich gegenseitig aufrüttelnd:* Der Vetter! – Aber das war doch ein Witz, sie hat ja gar keinen Vetter! – Aber hier ist jemand, der sagt, er ist der Vetter! – Unglaublich, so früh am Tag!

DER NEFFE Wenn Sie der Vetter der Gastgeberin sind, Herr, dann schaffen Sie uns schleunigst etwas zum Frühstück!

SHUI TA *die Lampe auslöschend:* Die ersten Kunden kommen bald, bitte, ziehen Sie sich schnell an, daß ich meinen Laden aufmachen kann.

DER MANN Ihren Laden? Ich denke, das ist der Laden unserer Freundin Shen Te? *Shui Ta schüttelt den Kopf.* Was, das ist gar nicht ihr Laden?

DIE SCHWÄGERIN Da hat sie uns also angeschmiert! Wo steckt sie überhaupt?

SHUI TA Sie ist abgehalten. Sie läßt Ihnen sagen, daß sie nunmehr, nachdem ich da bin, nichts mehr für Sie tun kann.

DIE FRAU *erschüttert:* Und wir hielten sie für einen guten Menschen!

DER NEFFE Glaubt ihm nicht! Sucht sie!

DER MANN Ja, das wollen wir. *Er organisiert:* Du und du und du und du, ihr sucht sie überall. Wir und Großvater bleiben hier, die Festung zu halten. Der Junge kann inzwischen etwas zum Essen besorgen. *Zum Jungen:* Siehst du den Kuchenbäcker dort am Eck? Schleich dich hin und stopf dir die Bluse voll.

DIE SCHWÄGERIN Nimm auch ein paar von den kleinen hellen Kuchen!

DER MANN Aber gib acht, daß der Bäcker dich nicht erwischt. Und komm dem Polizisten nicht in die Quere!

Der Junge nickt und geht weg. Die übrigen ziehen sich vollends an.

SHUI TA Wird ein Kuchendiebstahl nicht diesen Laden, der Ihnen Zuflucht gewährt hat, in schlechten Ruf bringen?

DER NEFFE Kümmert euch nicht um ihn, wir werden sie schnell gefunden haben. Sie wird ihm schön heimleuchten.

Der Neffe, der Bruder, die Schwägerin und die Nichte ab.

DIE SCHWÄGERIN *im Abgehen:* Laßt uns etwas übrig vom Frühstück!

SHUI TA *ruhig:* Sie werden sie nicht finden. Meine Kusine bedauert natürlich, das Gebot der Gastfreundschaft nicht auf unbegrenzte Zeit befolgen zu können. Aber Sie sind leider zu viele! Dies hier ist ein Tabakladen, und Fräulein Shen Te lebt davon.

DER MANN Unsere Shen Te würde so etwas überhaupt nicht über die Lippen bringen.

SHUI TA Sie haben vielleicht recht. *Zum Schreiner:* Das Unglück besteht darin, daß die Not in dieser Stadt zu groß ist, als daß ein einzelner Mensch ihr steuern

33

könnte. Darin hat sich betrüblicherweise nichts geändert in den elfhundert Jahren, seit jemand den Vierzeiler verfaßte:

Der Gouvernör, befragt, was nötig wäre
Den Frierenden der Stadt zu helfen, antwortete:
Eine zehntausend Fuß lange Decke
Welche die ganzen Vorstädte einfach zudeckt.

Er macht sich daran, den Laden aufzuräumen.

DER SCHREINER Ich sehe, daß Sie sich bemühen, die Angelegenheiten Ihrer Kusine zu ordnen. Da ist eine kleine Schuld für die Stellagen zu begleichen, anerkannt vor Zeugen. 100 Silberdollar.

SHUI TA *die Rechnung aus der Tasche ziehend, nicht unfreundlich:* Glauben Sie nicht, daß 100 Silberdollar etwas zu viel sind?

DER SCHREINER Nein. Ich kann auch nichts ablassen. Ich habe Frau und Kinder zu ernähren.

SHUI TA *hart:* Wie viele Kinder?

DER SCHREINER Vier.

SHUI TA Dann biete ich Ihnen 20 Silberdollar.

Der Mann lacht.

DER SCHREINER Sind Sie verrückt? Diese Stellagen sind aus Nußbaum!

SHUI TA Dann nehmen Sie sie weg.

DER SCHREINER Was heißt das?

SHUI TA Sie sind zu teuer für mich. Ich ersuche Sie, die Nußbaumstellagen wegzunehmen.

DIE FRAU Das ist gut gegeben! *Sie lacht ebenfalls.*

DER SCHREINER *unsicher:* Ich verlange, daß Fräulein Shen Te geholt wird. Sie ist anscheinend ein besserer Mensch als Sie.

SHUI TA Gewiß. Sie ist ruiniert.

DER SCHREINER *nimmt resolut eine Stellage und trägt sie*

zur Tür: Da können Sie Ihre Rauchwaren ja auf dem Boden aufstapeln! Mir kann es recht sein.

SHUI TA *zu dem Mann:* Helfen Sie ihm!

DER MANN *packt ebenfalls eine Stellage und trägt sie grinsend zur Tür:* Also hinaus mit den Stellagen!

DER SCHREINER Du Hund! Soll meine Familie verhungern?

SHUI TA Ich biete Ihnen noch einmal 20 Silberdollar, da ich meine Rauchwaren nicht auf dem Boden aufstapeln will.

DER SCHREINER 100!

Shui Ta schaut gleichmütig zum Fenster hinaus. Der Mann schickt sich an, die Stellage hinauszutragen.

Zerbrich sie wenigstens nicht am Türbalken, Idiot! *Verzweifelt:* Aber sie sind doch nach Maß gearbeitet! Sie passen in dieses Loch und sonst nirgends hin. Die Bretter sind verschnitten, Herr!

SHUI TA Eben. Darum biete ich Ihnen auch nur 20 Silberdollar. Weil die Bretter verschnitten sind.

Die Frau quietscht vor Vergnügen.

DER SCHREINER *plötzlich müde:* Da kann ich nicht mehr mit. Behalten Sie die Stellagen und bezahlen Sie, was Sie wollen.

SHUI TA 20 Silberdollar.

Er legt zwei große Münzen auf den Tisch. Der Schreiner nimmt sie.

DER MANN *die Stellagen zurücktragend:* Genug für einen Haufen verschnittener Bretter.

DER SCHREINER Ja, genug vielleicht, mich zu betrinken! *Ab*

DER MANN Den haben wir draußen!

DIE FRAU *sich die Lachtränen trocknend:* »Sie sind aus Nußbaum!« – »Nehmen Sie sie weg!« – »100 Silberdollar! Ich habe vier Kinder!« – »Dann zahle ich 20!« – »Aber sie sind doch verschnitten!« – »Eben! 20 Silberdollar!« – So muß man diese Typen behandeln!

SHUI TA Ja. *Ernst:* Geht schnell weg.

DER MANN Wir?

SHUI TA Ja, ihr. Ihr seid Diebe und Schmarotzer. Wenn
ihr schnell geht, ohne Zeit mit Widerrede zu vergeuden,
könnt ihr euch noch retten.

DER MANN Es ist am besten, ihm gar nicht zu antworten.
Nur nicht schreien mit nüchternem Magen. Ich möcht
wissen, wo bleibt der Junge?

SHUI TA Ja, wo bleibt der Junge? Ich sagte euch vorhin,
daß ich ihn nicht mit gestohlenem Kuchen in meinem
Laden haben will. *Plötzlich schreiend:* Noch einmal:
geht!

Sie bleiben sitzen.

Shui Ta wieder ganz ruhig: Wie ihr wollt.

*Er geht zur Tür und grüßt tief hinaus. In der Tür taucht
ein Polizist auf.*

Ich vermute, ich habe den Beamten vor mir, der dieses
Viertel betreut?

DER POLIZIST Jawohl, Herr . . .

SHUI TA Shui Ta. *Sie lächeln einander an.* Angenehmes
Wetter heute!

DER POLIZIST Nur ein wenig warm vielleicht.

SHUI TA Vielleicht ein wenig warm.

DER MANN *leise zu seiner Frau:* Wenn er quatscht, bis der
Junge zurückkommt, sind wir geschnappt.

Er versucht, Shui Ta heimlich ein Zeichen zu geben.

SHUI TA *ohne es zu beachten:* Es macht einen Unterschied,
ob man das Wetter in einem kühlen Lokal beurteilt oder
auf der staubigen Straße.

DER POLIZIST Einen großen Unterschied.

DIE FRAU *zum Mann:* Sei ganz ruhig! Der Junge kommt
nicht, wenn er den Polizisten in der Tür stehen sieht.

SHUI TA Treten Sie doch ein. Es ist wirklich kühler hier.
Meine Kusine und ich haben einen Laden eröffnet.

Lassen Sie mich Ihnen sagen, daß wir den größten Wert darauf legen, mit der Behörde auf gutem Fuß zu stehen.

DER POLIZIST *tritt ein:* Sie sind sehr gütig, Herr Shui Ta. Ja, hier ist es wirklich kühl.

DER MANN *leise:* Er nimmt ihn extra herein, damit der Junge ihn nicht stehen sieht.

SHUI TA Gäste! Entfernte Bekannte meiner Kusine, wie ich höre. Sie sind auf einer Reise begriffen. *Man verbeugt sich.* Wir waren eben dabei, uns zu verabschieden.

DER MANN *heiser:* Ja, da gehen wir also.

SHUI TA Ich werde meiner Kusine bestellen, daß Sie ihr für das Nachtquartier danken, aber keine Zeit hatten, auf ihre Rückkehr zu warten.

Von der Straße Lärm und Rufe: »Haltet den Dieb!«

DER POLIZIST Was ist das?

In der Tür steht der Junge. Aus der Bluse fallen ihm Fladen und kleine Kuchen. Die Frau winkt ihm verzweifelt, er solle hinaus. Er wendet sich und will weg.

Halt du! *Er faßt ihn.* Woher hast du die Kuchen?

DER JUNGE Von da drüben.

DER POLIZIST Oh! Diebstahl, wie?

DIE FRAU Wir wußten nichts davon. Der Junge hat es auf eigene Faust gemacht. Du Nichtsnutz!

DER POLIZIST Herr Shui Ta, können Sie den Vorfall aufklären.

Shui Ta schweigt.

Aha. Ihr kommt alle mit auf die Wache.

SHUI TA Ich bin außer mir, daß in meinem Lokal so etwas passieren konnte.

DIE FRAU Er hat zugesehen, als der Junge wegging!

SHUI TA Ich kann Ihnen versichern, Herr Polizist, daß ich Sie kaum hereingebeten hätte, wenn ich einen Diebstahl hätte decken wollen.

DER POLIZIST Das ist klar. Sie werden also auch verstehen, Herr Shui Ta, daß es meine Pflicht ist, diese Leute abzuführen. *Shui Ta verbeugt sich.* Vorwärts mit euch! *Er treibt sie hinaus.*

DER GROSSVATER *friedlich unter der Tür:* Guten Tag.

Alle außer Shui Ta ab. Shui Ta räumt weiter auf. Eintritt die Hausbesitzerin.

DIE HAUSBESITZERIN So, Sie sind dieser Herr Vetter! Was bedeutet das, daß die Polizei aus diesem meinem Haus Leute abführt? Wie kommt Ihre Kusine dazu, hier ein Absteigequartier aufzumachen? Das hat man davon, wenn man Leute ins Haus nimmt, die gestern noch in Fünfkäschkämmerchen gehaust und vom Bäcker an der Ecke Hirsefladen erbettelt haben! Sie sehen, ich weiß Bescheid.

SHUI TA Das sehe ich. Man hat Ihnen Übles von meiner Kusine erzählt. Man hat sie beschuldigt, gehungert zu haben! Es ist notorisch, daß sie in Armut lebte. Ihr Leumund ist der allerschlechteste: es ging ihr elend!

DIE HAUSBESITZERIN Sie war eine ganz gewöhnliche ...

SHUI TA Unbemittelte, sprechen wir das harte Wort aus!

DIE HAUSBESITZERIN Ach, bitte, keine Gefühlsduseleien! Ich spreche von ihrem Lebenswandel, nicht von ihren Einkünften. Ich bezweifle nicht, daß es da gewisse Einkünfte gegeben hat, sonst gäbe es diesen Laden nicht. Einige ältere Herren werden schon gesorgt haben. Woher bekommt man einen Laden? Herr, dies ist ein respektables Haus! Die Leute, die hier Miete zahlen, wünschen nicht, mit einer solchen Person unter einem Dach zu wohnen, jawohl. *Pause.* Ich bin kein Unmensch, aber ich muß Rücksichten nehmen.

SHUI TA *kalt:* Frau Mi Tzü, ich bin beschäftigt. Sagen Sie mir einfach, was es uns kosten wird, in diesem respektablen Haus zu wohnen.

DIE HAUSBESITZERIN Ich muß sagen, Sie sind jedenfalls kaltblütig.

SHUI TA *zieht aus dem Ladentisch den Mietskontrakt:* Die Miete ist sehr hoch. Ich entnehme diesem Kontrakt, daß sie monatlich zu entrichten ist.

DIE HAUSBESITZERIN *schnell:* Aber nicht für Leute wie Ihre Kusine.

SHUI TA Was heißt das?

DIE HAUSBESITZERIN Es heißt, daß Leute wie Ihre Kusine die Halbjahresmiete von 200 Silberdollar im voraus zu bezahlen haben.

SHUI TA 200 Silberdollar! Das ist halsabschneiderisch! Wie soll ich das aufbringen? Ich kann hier nicht auf großen Umsatz rechnen. Ich setze meine einzige Hoffnung darauf, daß die Sacknäherinnen von der Zementfabrik viel rauchen, da die Arbeit, wie man mir gesagt hat, sehr erschöpft. Aber sie verdienen schlecht.

DIE HAUSBESITZERIN Das hätten Sie vorher bedenken müssen.

SHUI TA Frau Mi Tzü, haben Sie ein Herz! Es ist wahr, meine Kusine hat den unverzeihlichen Fehler begangen, Unglücklichen Obdach zu gewähren. Aber sie kann sich bessern, ich werde sorgen, daß sie sich bessert. Andrerseits, wie könnten Sie einen besseren Mieter finden als einen, der die Tiefe kennt, weil er aus ihr kommt? Er wird sich die Haut von den Fingern arbeiten, Ihnen die Miete pünktlichst zu bezahlen, er wird alles tun, alles opfern, alles verkaufen, vor nichts zurückschrecken und dabei wie ein Mäuschen sein, still wie eine Fliege, sich Ihnen in allem unterwerfen, ehe er zurückgeht dorthin. Solch ein Mieter ist nicht mit Gold aufzuwiegen.

DIE HAUSBESITZERIN 200 Silberdollar im voraus, oder sie geht zurück auf die Straße, woher sie kommt.
Herein der Polizist.

DER POLIZIST Lassen Sie sich nicht stören, Herr Shui Ta.

DIE HAUSBESITZERIN Die Polizei zeigt wirklich ein ganz besonderes Interesse für diesen Laden.

DER POLIZIST Frau Mi Tzü, ich hoffe, Sie haben keinen falschen Eindruck bekommen. Herr Shui Ta hat uns einen Dienst erwiesen, und ich komme lediglich, ihm dafür im Namen der Polizei zu danken.

DIE HAUSBESITZERIN Nun, das geht mich nichts an. Ich hoffe, Herr Shui Ta, mein Vorschlag sagt Ihrer Kusine zu. Ich liebe es, mit meinen Mietern in gutem Einvernehmen zu sein. Guten Tag, meine Herren. *Ab*

SHUI TA Guten Tag, Frau Mi Tzü.

DER POLIZIST Haben Sie Schwierigkeiten mit Frau Mi Tzü?

SHUI TA Sie verlangt Vorausbezahlung der Miete, da meine Kusine ihr nicht respektabel erscheint.

DER POLIZIST Und Sie haben das Geld nicht? *Shui Ta schweigt.* Aber jemand wie Sie, Herr Shui Ta, muß doch Kredit finden!

SHUI TA Vielleicht. Aber wie sollte jemand wie Shen Te Kredit finden?

DER POLIZIST Bleiben Sie denn nicht?

SHUI TA Nein. Und ich kann auch nicht wiederkommen. Nur auf der Durchreise konnte ich ihr eine Hand reichen, nur das Schlimmste konnte ich abwehren. Bald wird sie wieder auf sich selber angewiesen sein. Ich frage mich besorgt, was dann werden soll.

DER POLIZIST Herr Shui Ta, es tut mir leid, daß Sie Schwierigkeiten mit der Miete haben. Ich muß zugeben, daß wir diesen Laden zuerst mit gemischten Gefühlen betrachteten, aber Ihr entschlossenes Auftreten vorhin hat uns gezeigt, wer Sie sind. Wir von der Behörde haben es schnell heraus, wen wir als Stütze der Ordnung ansehen können.

SHUI TA *bitter:* Herr, um diesen kleinen Laden zu retten,

den meine Kusine als ein Geschenk der Götter betrachtet, bin ich bereit, bis an die äußerste Grenze des gesetzlich Erlaubten zu gehen. Aber Härte und Verschlagenheit helfen nur gegen die Unteren, denn die Grenzen sind klug gezogen. Mir geht es wie dem Mann, der mit den Ratten fertig geworden ist, aber dann kam der Fluß! *Nach einer kleinen Pause:* Rauchen Sie?

DER POLIZIST *zwei Zigarren einsteckend:* Wir von der Station verlören Sie höchst ungern hier, Herr Shui Ta. Aber Sie müssen Frau Mi Tzü verstehen. Die Shen Te hat, da wollen wir uns nichts vormachen, davon gelebt, daß sie sich an Männer verkaufte. Sie können mir einwenden: was sollte sie machen? Wovon sollte sie zum Beispiel ihre Miete zahlen? Aber der Tatbestand bleibt: es ist nicht respektabel. Warum? Erstens: Liebe verkauft man nicht, sonst ist es käufliche Liebe. Zweitens: respektabel ist, nicht mit dem, der einen bezahlt, sondern mit dem, den man liebt. Drittens: nicht für eine Handvoll Reis, sondern aus Liebe. Schön, antworten Sie mir, was hilft alle Weisheit, wenn die Milch schon verschüttet ist? Was soll sie machen? Sie muß eine Halbjahresmiete auftreiben. Herr Shui Ta, ich muß Ihnen sagen, ich weiß es nicht. *Er denkt eifrig nach.* Herr Shui Ta, ich hab's! Suchen Sie doch einfach einen Mann für sie!

Herein eine kleine alte Frau.

DIE ALTE Eine gute billige Zigarre für meinen Mann. Wir sind nämlich morgen vierzig Jahre verheiratet, und da machen wir eine kleine Feier.

SHUI TA *höflich:* Vierzig Jahre und noch immer eine Feier!

DIE ALTE Soweit unsere Mittel es gestatten! Wir haben den Teppichladen gegenüber. Ich hoffe, wir halten gute Nachbarschaft, das sollte man, die Zeiten sind schlecht.

SHUI TA *legt ihr verschiedene Kistchen vor:* Ein sehr alter Satz, fürchte ich.

DER POLIZIST Herr Shui Ta, wir brauchen Kapital. Nun, ich schlage eine Heirat vor.

SHUI TA *entschuldigend zu der Alten:* Ich habe mich dazu verleiten lassen, den Herrn Polizisten mit meinen privaten Bekümmernissen zu behelligen.

DER POLIZIST Wir haben die Halbjahresmiete nicht. Schön, wir heiraten ein wenig Geld.

SHUI TA Das wird nicht so leicht sein.

DER POLIZIST Wieso? Sie ist eine Partie. Sie hat ein kleines, aufstrebendes Geschäft. *Zu der Alten:* Was denken Sie darüber?

DIE ALTE *unschlüssig:* Ja ...

DER POLIZIST Eine Annonce in der Zeitung.

DIE ALTE *zurückhaltend:* Wenn das Fräulein einverstanden ist ...

DER POLIZIST Was soll sie dagegen haben? Ich setze Ihnen das auf. Ein Dienst ist des andern wert. Denken Sie nicht, daß die Behörde kein Herz für den hartkämpfenden kleinen Geschäftsmann hat. Sie gehen uns an die Hand, und wir setzen Ihnen dafür Ihre Heiratsannonce auf! Hahaha!

Er zieht eifrig sein Notizbuch hervor, befeuchtet den Bleistiftstummel und schreibt los.

SHUI TA *langsam:* Das ist keine schlechte Idee.

DER POLIZIST Welcher ... ordentliche ... Mann mit kleinem Kapital ... Witwer nicht ausgeschlossen ... wünscht Einheirat ... in aufblühendes Tabakgeschäft? – Und dann fügen wir noch hinzu: Bin hübsche sympathische Erscheinung. – Wie?

SHUI TA Wenn Sie meinen, daß das keine Übertreibung wäre.

DIE ALTE *freundlich:* Durchaus nicht. Ich habe sie gesehen. *Der Polizist reißt aus seinem Buch das Blatt und überreicht es Shui Ta.*

42

SHUI TA Mit Entsetzen sehe ich, wieviel Glück nötig ist, damit man nicht unter die Räder kommt! Wie viele Einfälle! Wie viele Freunde! *Zum Polizisten:* Trotz aller Entschlossenheit war ich zum Beispiel am Ende meines Witzes, was die Ladenmiete betraf. Und jetzt kamen Sie und halfen mir mit einem guten Rat. Ich sehe tatsächlich einen Ausweg.

3

Abend im Stadtpark

Ein junger Mann in abgerissenen Kleidern verfolgt mit den Augen ein Flugzeug, das anscheinend in einem hohen Bogen über den Park geht. Er zieht einen Strick aus der Tasche und schaut sich suchend um. Als er auf eine große Weide zugeht, kommen zwei Prostituierte des Weges. Die eine ist schon alt, die andere ist die Nichte aus der achtköpfigen Familie.

DIE JUNGE Guten Abend, junger Herr. Kommst du mit, Süßer?

SUN Möglich, meine Damen, wenn ihr mir was zum Essen kauft.

DIE ALTE Du bist wohl übergeschnappt? *Zur Jungen:* Gehen wir weiter. Wir verlieren nur unsere Zeit mit ihm. Das ist ja der stellungslose Flieger.

DIE JUNGE Aber es wird niemand mehr im Park sein, es regnet gleich.

DIE ALTE Vielleicht doch.

Sie gehen weiter. Sun zieht, sich umschauend, seinen Strick hervor und wirft ihn um einen Weidenast. Er wird aber wieder gestört. Die beiden Prostituierten kommen schnell zurück. Sie sehen ihn nicht.

DIE JUNGE Es wird ein Platzregen.

Shen Te kommt des Weges spaziert.

DIE ALTE Schau, da kommt das Untier! Dich und die Deinen hat sie ins Unglück gebracht!

DIE JUNGE Nicht sie. Ihr Vetter war es. Sie hatte uns ja aufgenommen, und später hat sie uns angeboten, die Kuchen zu zahlen. Gegen sie habe ich nichts.

DIE ALTE Aber ich! *Laut:* Ach, da ist ja unsere feine Schwester mit dem Goldhafen! Sie hat einen Laden, aber sie will uns immer noch Freier wegfischen.

SHEN TE Friß mich doch nicht gleich auf. Ich gehe ins Teehaus am Teich.

DIE JUNGE Ist es wahr, daß du einen Witwer mit drei Kindern heiraten wirst?

SHEN TE Ja, ich treffe ihn dort.

SUN *ungeduldig:* Schert euch endlich weiter, ihr Schnepfen! Kann man nicht einmal hier seine Ruhe haben?

DIE ALTE Halt das Maul!

Die beiden Prostituierten ab

SUN *ruft ihnen nach:* Aasgeier! *Zum Publikum:* Selbst an diesem abgelegenen Platz fischen sie unermüdlich nach Opfern, selbst im Gebüsch, selbst bei Regen suchen sie verzweifelt nach Käufern.

SHEN TE *zornig:* Warum beschimpfen Sie sie? *Sie erblickt den Strick:* Oh.

SUN Was glotzt du?

SHEN TE Wozu ist der Strick?

SUN Geh weiter, Schwester, geh weiter! Ich habe kein Geld, nichts, nicht eine Kupfermünze. Und wenn ich eine hätte, würde ich nicht dich, sondern einen Becher Wasser kaufen vorher.

Es fängt an zu regnen.

SHEN TE Wozu ist der Strick? Das dürfen Sie nicht!

SUN Was geht dich das an? Scher dich weg!

SHEN TE Es regnet.

SUN Versuch nicht, dich unter diesen Baum zu stellen.

SHEN TE *bleibt unbeweglich im Regen stehen:* Nein.

SUN Schwester, laß ab, es hilft dir nichts. Mit mir ist kein Geschäft zu machen. Du bist mir auch zu häßlich. Krumme Beine.

SHEN TE Das ist nicht wahr.

SUN Zeig sie nicht! Komm schon, zum Teufel, unter den Baum, wenn es regnet!

Sie geht langsam hin und setzt sich unter den Baum.

SHEN TE Warum wollen Sie das tun?

SUN Willst du es wissen? Dann werde ich es dir sagen, damit ich dich los werde. *Pause.* Weißt du, was ein Flieger ist?

SHEN TE Ja, in einem Teehaus habe ich Flieger gesehen.

SUN Nein, du hast keine gesehen. Vielleicht ein paar windige Dummköpfe mit Lederhelmen, Burschen ohne Gehör für Motore und ohne Gefühl für eine Maschine. Das kommt nur in eine Kiste, weil es den Hangarverwalter schmieren kann. Sag so einem: Laß deine Kiste aus 2000 Fuß Höhe durch die Wolken hinunter abfallen und dann fang sie auf, mit einem Hebeldruck, dann sagt er: Das steht nicht im Kontrakt. Wer nicht fliegt, daß er seine Kiste auf den Boden aufsetzt, als wäre es sein Hintern, der ist kein Flieger, sondern ein Dummkopf. Ich aber bin ein Flieger. Und doch bin ich der größte Dummkopf, denn ich habe alle Bücher über die Fliegerei gelesen auf der Schule in Peking. Aber eine Seite eines Buches habe ich nicht gelesen, und auf dieser Seite stand, daß keine Flieger mehr gebraucht werden. Und so bin ich ein Flieger ohne Flugzeug geworden, ein Postflieger ohne Post. Aber was das bedeutet, das kannst du nicht verstehen.

SHEN TE Ich glaube, ich verstehe es doch.

SUN Nein, ich sage dir ja, du kannst es nicht verstehen, also kannst du es nicht verstehen.

SHEN TE *halb lachend, halb weinend:* Als Kinder hatten wir einen Kranich mit einem lahmen Flügel. Er war freundlich zu uns und trug uns keinen Spaß nach und stolzierte hinter uns drein, schreiend, daß wir nicht zu schnell für ihn liefen. Aber im Herbst und im Frühjahr,

wenn die großen Schwärme über das Dorf zogen, wurde
er sehr unruhig, und ich verstand ihn gut.

SUN Heul nicht.

SHEN TE Nein.

SUN Es schadet dem Teint.

SHEN TE Ich höre schon auf.

*Sie trocknet sich mit dem Ärmel die Tränen ab. An den
Baum gelehnt, langt er, ohne sich ihr zuzuwenden, nach
ihrem Gesicht.*

SUN Du kannst dir nicht einmal richtig das Gesicht ab-
wischen.

Er wischt es ihr mit einem Sacktuch ab. Pause.

Wenn du schon sitzen bleiben mußtest, damit ich mich
nicht aufhänge, dann mach wenigstens den Mund auf.

SHEN TE Ich weiß nichts.

SUN Warum willst du mich eigentlich vom Ast schneiden,
Schwester?

SHEN TE Ich bin erschrocken. Sicher wollten Sie es nur tun,
weil der Abend so trüb ist.

Zum Publikum:

In unserem Lande
Dürfte es trübe Abende nicht geben
Auch hohe Brücken über die Flüsse
Selbst die Stunde zwischen Nacht und Morgen
Und die ganze Winterzeit dazu, das ist gefährlich.
Denn angesichts des Elends
Genügt ein Weniges
Und die Menschen werfen
Das unerträgliche Leben fort.

SUN Sprich von dir.

SHEN TE Wovon? Ich habe einen kleinen Laden.

SUN *spöttisch:* Ach, du gehst nicht auf den Strich, du hast
    einen Laden!

SHEN TE *fest:* Ich habe einen Laden, aber zuvor bin ich auf
    die Straße gegangen.

SUN Und den Laden, den haben dir wohl die Götter ge-
    schenkt?

SHEN TE Ja.

SUN Eines schönen Abends standen sie da und sagten: Hier
    hast du Geld?

SHEN TE *leise lachend:* Eines Morgens.

SUN Unterhaltsam bist du nicht gerade.

SHEN TE *nach einer Pause:* Ich kann Zither spielen, ein
    wenig, und Leute nachmachen. *Sie macht mit tiefer Stim-
    me einen würdigen Mann nach:* »Nein, so etwas, ich
    muß meinen Geldbeutel vergessen haben!« Aber dann
    kriegte ich den Laden. Da habe ich als erstes die Zither
    weggeschenkt. Jetzt, sagte ich mir, kann ich ein Stock-
    fisch sein, und es macht nichts.

    Ich bin eine Reiche, sagte ich.
    Ich gehe allein. Ich schlafe allein.
    Ein ganzes Jahr, sagte ich
    Mach ich nichts mehr mit einem Mann.

SUN Aber jetzt heiratest du einen? Den im Teehaus am
    Teich!
    Shen Te schweigt.
    Was weißt du eigentlich von Liebe?

SHEN TE Alles.

SUN Nichts, Schwester. Oder war es etwa angenehm?

SHEN TE Nein.

SUN *streicht ihr mit der Hand über das Gesicht, ohne sich
    ihr zuzuwenden:* Ist das angenehm?

SHEN TE Ja.

48

SUN Genügsam, das bist du. Was für eine Stadt!

SHEN TE Haben Sie keinen Freund?

SUN Einen ganzen Haufen, aber keinen, der hören will, daß ich immer noch ohne eine Stelle bin. Sie machen ein Gesicht, als ob sie einen sich darüber beklagen hören, daß im Meer noch Wasser ist. Hast du etwa einen Freund?

SHEN TE *zögernd:* Einen Vetter.

SUN Dann nimm dich nur in acht vor ihm.

SHEN TE Er war bloß ein einziges Mal da. Jetzt ist er weggegangen und kommt nie wieder. Aber warum reden Sie so hoffnungslos? Man sagt: Ohne Hoffnung sprechen heißt ohne Güte sprechen.

SUN Red nur weiter! Eine Stimme ist immerhin eine Stimme.

SHEN TE *eifrig:* Es gibt noch freundliche Menschen, trotz des großen Elends. Als ich klein war, fiel ich einmal mit einer Last Reisig hin. Ein alter Mann hob mich auf und gab mir sogar einen Käsch. Daran habe ich mich oft erinnert. Besonders die wenig zu essen haben, geben gern ab. Wahrscheinlich zeigen die Menschen einfach gern, was sie können, und womit könnten sie es besser zeigen, als indem sie freundlich sind? Bosheit ist bloß eine Art Ungeschicklichkeit. Wenn jemand ein Lied singt oder eine Maschine baut oder Reis pflanzt, das ist eigentlich Freundlichkeit. Auch Sie sind freundlich.

SUN Da gehört nicht viel dazu bei dir, scheint es.

SHEN TE Ja. Und jetzt habe ich einen Regentropfen gespürt.

SUN Wo?

SHEN TE Zwischen den Augen.

SUN Mehr am rechten oder mehr am linken?

SHEN TE Mehr am linken.

SUN Gut. *Nach einer Weile schläfrig:* Und mit den Männern bist du fertig?

SHEN TE *lächelnd:* Aber meine Beine sind nicht krumm.
SUN Vielleicht nicht.
SHEN TE Bestimmt nicht.
SUN *sich müde an den Baum zurücklehnend:* Aber da ich
seit zwei Tagen nichts gegessen habe und nichts getrun-
ken seit einem, könnte ich dich nicht lieben, Schwester,
auch wenn ich wollte.
SHEN TE Es ist schön im Regen.

Wang, der Wasserverkäufer, kommt. Er singt das

»LIED DES WASSERVERKÄUFERS IM REGEN«

Ich hab Wasser zu verkaufen
Und nun steh ich hier im Regen
Und ich bin weithin gelaufen
Meines bißchen Wassers wegen.
Und jetzt schrei ich mein: Kauft Wasser!
Und keiner kauft es
Verschmachtend und gierig
Und zahlt es und sauft es.
(Kauft Wasser, ihr Hunde!)

Könnt ich doch dies Loch verstopfen!
Träumte jüngst, es wäre sieben
Jahr der Regen ausgeblieben!
Wasser maß ich ab nach Tropfen!
Ach, wie schrieen sie: Gib Wasser!
Jeden, der nach meinem Eimer faßte
Sah ich mir erst an daraufhin
Ob mir seine Nase paßte.
(Da lechzten die Hunde!)

Lachend:
Ja, jetzt sauft ihr kleinen Kräuter

Auf dem Rücken mit Behagen
Aus dem großen Wolkeneuter
Ohne nach dem Preis zu fragen.
Und ich schreie mein: Kauft Wasser!
Und keiner kauft es
Verschmachtend und gierig
Und zahlt es und sauft es.
(Kauft Wasser, ihr Hunde!)

*Der Regen hat aufgehört. Shen Te sieht Wang und läuft
auf ihn zu.*

SHEN TE Ach, Wang, bist du wieder zurück? Ich habe dein
Traggerät bei mir untergestellt.

WANG Besten Dank für die Aufbewahrung! Wie geht es
dir, Shen Te?

SHEN TE Gut. Ich habe einen sehr klugen und kühnen Menschen kennengelernt. Und ich möchte einen Becher von
deinem Wasser kaufen.

WANG Leg doch den Kopf zurück und mach den Mund
auf, dann hast du Wasser, soviel du willst. Dort die
Weide tropft noch immer.

SHEN TE Aber ich will dein Wasser, Wang.

Das weither getragene
Das müde gemacht hat.
Und das schwer verkauft wird, weil es heute regnet.

Und ich brauche es für den Herrn dort drüben.

Er ist ein Flieger. Ein Flieger
Ist kühner als andere Menschen. In der Gesellschaft
              der Wolken
Den großen Stürmen trotzend
Fliegt er durch die Himmel und bringt

Den Freunden im fernen Land
Die freundliche Post.

Sie bezahlt und läuft mit dem Becher zu Sun hinüber.
SHEN TE *ruft lachend zu Wang zurück:* Er ist eingeschlafen.
Die Hoffnungslosigkeit und der Regen und ich haben
ihn müde gemacht.

Zwischenspiel

Wangs Nachtlager in einem Kanalrohr

Der Wasserverkäufer schläft. Musik. Das Kanalrohr wird durchsichtig, und dem Träumenden erscheinen die Götter.

WANG *strahlend:* Ich habe sie gesehen, Erleuchtete! Sie ist ganz die alte!

DER ERSTE GOTT Das freut uns.

WANG Sie liebt! Sie hat mir ihren Freund gezeigt. Es geht ihr wirklich gut.

DER ERSTE GOTT Das hört man gern. Hoffentlich bestärkt sie das in ihrem Streben nach Gutem.

WANG Unbedingt! Sie tut soviel Wohltaten, als sie kann.

DER ERSTE GOTT Was für Wohltaten? Erzähl uns davon, lieber Wang!

WANG Sie hat ein freundliches Wort für jeden.

DER ERSTE GOTT *eifrig:* Ja, und?

WANG Selten geht einer aus ihrem kleinen Laden ohne Tabak, nur weil er etwa kein Geld hat.

DER ERSTE GOTT Das klingt nicht schlecht. Noch anderes?

WANG Eine achtköpfige Familie hat sie bei sich beherbergt!

DER ERSTE GOTT *triumphierend zum zweiten:* Achtköpfig! *Zu Wang:* Und womöglich noch was?

WANG Mir hat sie, obwohl es regnete, einen Becher von meinem Wasser abgekauft.

DER ERSTE GOTT Natürlich, diese kleinen Wohltaten alle. Das versteht sich.

WANG Aber sie laufen ins Geld. So viel gibt ein kleiner Laden nicht her.

DER ERSTE GOTT Freilich, freilich! Aber ein umsichtiger Gärtner tut auch mit einem winzigen Fleck wahre Wunder.

WANG Das tut sie wahrhaftig! Jeden Morgen teilt sie Reis
aus, dafür geht mehr als die Hälfte des Verdienstes
drauf, das könnt Ihr glauben!

DER ERSTE GOTT *etwas enttäuscht:* Ich sage auch nichts. Ich
bin nicht unzufrieden für den Anfang.

WANG Bedenkt, die Zeiten sind nicht die besten! Sie mußte
einmal einen Vetter zu Hilfe rufen, da ihr Laden in
Schwierigkeiten geriet.

Kaum war da eine windgeschützte Stelle
Kam des ganzen winterlichen Himmels
Zerzaustes Gevögel geflogen und
Raufte um den Platz und der hungrige Fuchs durchbiß
Die dünne Wand, und der einbeinige Wolf
Stieß den kleinen Eßnapf um.

Kurz, sie konnte alle die Geschäfte allein nicht mehr
überblicken. Aber alle sind sich einig, daß sie ein gutes
Mädchen ist. Sie heißt schon überall: Der Engel der
Vorstädte. So viel Gutes geht von ihrem Laden aus!
Was immer der Schreiner Lin To sagen mag!

DER ERSTE GOTT Was heißt das? Spricht der Schreiner Lin
To denn schlecht von ihr?

WANG Ach, er sagt nur, die Stellagen im Laden seien nicht
voll bezahlt worden.

DER ZWEITE GOTT Was sagst du da? Ein Schreiner wurde
nicht bezahlt? In Shen Te's Laden? Wie konnte sie das
zulassen?

WANG Sie hatte wohl das Geld nicht?

DER ZWEITE GOTT Ganz gleich, man bezahlt, was man
schuldig ist. Schon der bloße Anschein von Unbilligkeit
muß vermieden werden. Erstens muß der Buchstabe der
Gebote erfüllt werden, zweitens ihr Geist.

WANG Aber es war nur der Vetter, Erleuchtete, nicht sie selber.

DER ZWEITE GOTT Dann übertritt dieser Vetter nicht mehr ihre Schwelle!

WANG *niedergeschlagen:* Ich verstehe, Erleuchteter. Zu Shen Te's Verteidigung laß mich vielleicht nur noch geltend machen, daß der Vetter als durchaus achtbarer Geschäftsmann gilt. Sogar die Polizei schätzt ihn.

DER ERSTE GOTT Nun, wir wollen diesen Herrn Vetter ja auch nicht ungehört verdammen. Ich gebe zu, ich verstehe nichts von Geschäften, vielleicht muß man sich da erkundigen, was das Übliche ist. Aber überhaupt Geschäfte! Ist das denn nötig? Immer machen sie jetzt Geschäfte! Machten die sieben guten Könige Geschäfte? Verkaufte der gerechte Kung Fische? Was haben Geschäfte mit einem rechtschaffenen und würdigen Leben zu tun?

DER ZWEITE GOTT *sehr verschnupft:* Jedenfalls darf so etwas nicht mehr vorkommen.

Er wendet sich zum Gehen. Die beiden anderen Götter wenden sich auch.

DER DRITTE GOTT *als letzter, verlegen:* Entschuldige den etwas harten Ton heute! Wir sind übermüdet und nicht ausgeschlafen. Das Nachtlager! Die Wohlhabenden geben uns die allerbesten Empfehlungen an die Armen, aber die Armen haben nicht Zimmer genug.

DIE GÖTTER *sich entfernend, schimpfen:* Schwach, die beste von ihnen! – Nichts Durchschlagendes! – Wenig, wenig! Alles natürlich von Herzen, aber es sieht nach nichts aus! Sie müßte doch zumindest ...

Man hört sie nicht mehr.

WANG *ruft ihnen nach:* Ach, seid nicht ungnädig, Erleuchtete! Verlangt nicht zu viel für den Anfang!

4

Platz vor Shen Te's Tabakladen

Eine Barbierstube, ein Teppichgeschäft und Shen Te's Tabakladen. Es ist Morgen. Vor Shen Te's Laden warten zwei Überbleibsel der achtköpfigen Familie, der Großvater und die Schwägerin, sowie der Arbeitslose und die Shin.

DIE SCHWÄGERIN Sie war nicht zu Hause gestern nacht?

DIE SHIN Ein unglaubliches Benehmen! Endlich ist dieser rabiate Herr Vetter weg, und man bequemt sich, wenigstens ab und zu etwas Reis von seinem Überfluß abzugeben, und schon bleibt man nächtelang fort und treibt sich, die Götter wissen wo, herum!

Aus der Barbierstube hört man laute Stimmen. Heraus stolpert Wang, ihm folgt der dicke Barbier, Herr Shu Fu, eine schwere Brennschere in der Hand.

HERR SHU FU Ich werde dir geben, meine Kunden zu belästigen mit deinem verstunkenen Wasser! Nimm deinen Becher und scher dich fort!

Wang greift nach dem Becher, den Herr Shu Fu ihm hinhält, und der schlägt ihm mit der Brennschere auf die Hand, daß Wang laut aufschreit.

HERR SHU FU Da hast du es! Laß dir das eine Lektion sein!
Er schnauft in seine Barbierstube zurück.

DER ARBEITSLOSE *hebt den Becher auf und reicht ihn Wang:* Für den Schlag kannst du ihn anzeigen.

WANG Die Hand ist kaputt.

DER ARBEITSLOSE Ist etwas zerbrochen drin?

WANG Ich kann sie nicht mehr bewegen.

DER ARBEITSLOSE Setz dich hin und gib ein wenig Wasser drüber!

Wang setzt sich.

DIE SHIN Jedenfalls hast du das Wasser billig.

DIE SCHWÄGERIN Nicht einmal einen Fetzen Leinen kann man hier bekommen früh um acht. Sie muß auf Abenteuer ausgehen! Skandal!

DIE SHIN *düster:* Vergessen hat sie uns!

Die Gasse herunter kommt Shen Te, einen Topf mit Reis tragend.

SHEN TE *zum Publikum:* In der Frühe habe ich die Stadt nie gesehen. In diesen Stunden lag ich immer noch mit der schmutzigen Decke über der Stirn, in Furcht vor dem Erwachen. Heute bin ich zwischen den Zeitungsjungen gegangen, den Männern, die den Asphalt mit Wasser überspülen, und den Ochsenkarren mit dem frischen Gemüse vom Land. Ich bin einen langen Weg von Suns Viertel bis hierher gegangen, aber mit jedem Schritt wurde ich lustiger. Ich habe immer gehört, wenn man liebt, geht man auf Wolken, aber das Schöne ist, daß man auf der Erde geht, dem Asphalt. Ich sage euch, die Häusermassen sind in der Frühe wie Schutthaufen, in denen Lichter angezündet werden, wenn der Himmel schon rosa und noch durchsichtig, weil ohne Staub ist. Ich sage euch, es entgeht euch viel, wenn ihr nicht liebt und eure Stadt seht in der Stunde, wo sie sich vom Lager erhebt wie ein nüchterner alter Handwerker, der seine Lungen mit frischer Luft vollpumpt und nach seinem Handwerkzeug greift, wie die Dichter singen. *Zu den Wartenden:* Guten Morgen! Da ist der Reis! *Sie teilt aus, dann erblickt sie Wang.* Guten Morgen, Wang. Ich bin leichtsinnig heute. Auf dem Weg habe ich mich in jedem Schaufenster betrachtet und jetzt habe ich Lust, mir einen Shawl zu kaufen. *Nach kurzem Zögern:* Ich würde so gern schön aussehen.

Sie geht schnell in den Teppichladen.

HERR SHU FU *der wieder in die Tür getreten ist, zum Publikum:* Ich bin betroffen, wie schön heute Fräulein Shen Te aussieht, die Besitzerin des Tabakladens von Visavis, die mir bisher gar nicht aufgefallen ist. Drei Minuten sehe ich sie, und ich glaube, ich bin schon verliebt in sie. Eine unglaublich sympathische Person! *Zu Wang:* Scher dich weg, Halunke!

Er geht in die Barbierstube zurück. Shen Te und ein sehr altes Paar, der Teppichhändler und seine Frau, treten aus dem Teppichladen. Shen Te trägt einen Shawl, der Teppichhändler einen Spiegel.

DIE ALTE Er ist sehr hübsch und auch nicht teuer, da er ein Löchlein unten hat.

SHEN TE *auf den Shawl am Arm der Alten schauend:* Der grüne ist auch schön.

DIE ALTE *lächelnd:* Aber er ist leider nicht ein bißchen beschädigt.

SHEN TE Ja, das ist ein Jammer. Ich kann keine großen Sprünge machen mit meinem Laden. Ich habe noch wenig Einnahmen und doch viele Ausgaben.

DIE ALTE Für Wohltaten. Tun Sie nicht zu viel. Am Anfang spielt ja jede Schale Reis eine Rolle, nicht?

SHEN TE *probiert den durchlöcherten Shawl an:* Nur, das muß sein, aber jetzt bin ich leichtsinnig. Ob mir diese Farbe steht?

DIE ALTE Das müssen Sie unbedingt einen Mann fragen.

SHEN TE *zum Alten gewendet:* Steht sie mir?

DER ALTE Fragen Sie doch lieber ...

SHEN TE *sehr höflich:* Nein, ich frage Sie.

DER ALTE *ebenfalls höflich:* Der Shawl steht Ihnen. Aber nehmen Sie die matte Seite nach außen.

Shen Te bezahlt.

DIE ALTE Wenn er nicht gefällt, tauschen Sie ihn ruhig um. *Zieht sie beiseite.* Hat er ein wenig Kapital?

SHEN TE *lachend:* O nein.

DIE ALTE Können Sie denn dann die Halbjahresmiete bezahlen?

SHEN TE Die Halbjahresmiete! Das habe ich ganz vergessen.

DIE ALTE Das dachte ich mir! Und nächsten Montag ist schon der Erste. Ich möchte etwas mit Ihnen besprechen. Wissen Sie, mein Mann und ich waren ein wenig zweiflerisch in bezug auf die Heiratsannonce, nachdem wir Sie kennengelernt haben. Wir haben beschlossen, Ihnen im Notfall unter die Arme zu greifen. Wir haben uns Geld zurückgelegt und können Ihnen die 200 Silberdollar leihen. Wenn Sie wollen, können Sie uns Ihre Vorräte an Tabak verpfänden. Schriftliches ist aber zwischen uns natürlich nicht nötig.

SHEN TE Wollen Sie wirklich einer so leichtsinnigen Person Geld leihen?

DIE ALTE Offengestanden, Ihrem Herrn Vetter, der bestimmt nicht leichtsinnig ist, würden wir es vielleicht nicht leihen, aber Ihnen leihen wir es ruhig.

DER ALTE *tritt hinzu:* Abgemacht?

SHEN TE Ich wünschte, die Götter hätten Ihrer Frau eben zugehört, Herr Deng. Sie suchen gute Menschen, die glücklich sind. Und Sie müssen wohl glücklich sein, daß Sie mir helfen, weil ich durch Liebe in Ungelegenheiten gekommen bin.

Die beiden Alten lächeln sich an.

DER ALTE Hier ist das Geld.

Er übergibt ihr ein Kuvert. Shen Te nimmt es entgegen und verbeugt sich. Auch die Alten verbeugen sich. Sie gehen zurück in ihren Laden.

SHEN TE *zu Wang, ihr Kuvert hochhebend:* Das ist die Miete für ein halbes Jahr! Ist das nicht wie ein Wunder? Und was sagst du zu meinem neuen Shawl, Wang?

WANG Hast du den für ihn gekauft, den ich im Stadtpark gesehen habe?

Shen Te nickt.

DIE SHIN Vielleicht sehen Sie sich lieber seine kaputte Hand an als ihm Ihre zweifelhaften Abenteuer zu erzählen!

SHEN TE *erschrocken:* Was ist mit deiner Hand?

DIE SHIN Der Barbier hat sie vor unseren Augen mit der Brennschere zerschlagen.

SHEN TE *über ihre Achtlosigkeit entsetzt:* Und ich habe gar nichts bemerkt! Du mußt sofort zum Arzt gehen, sonst wird deine Hand steif und du kannst nie mehr richtig arbeiten. Das ist ein großes Unglück. Schnell, steh auf! Geh schnell!

DER ARBEITSLOSE Er muß nicht zum Arzt, sondern zum Richter! Er kann vom Barbier, der reich ist, Schadenersatz verlangen.

WANG Meinst du, da ist eine Aussicht?

DIE SHIN Wenn sie wirklich kaputt ist. Aber ist sie kaputt?

WANG Ich glaube. Sie ist schon ganz dick. Wäre es eine Lebensrente?

DIE SHIN Du mußt allerdings einen Zeugen haben.

WANG Aber ihr alle habt es ja gesehen! Ihr alle könnt es bezeugen.

Er blickt um sich. Der Arbeitslose, der Großvater und die Schwägerin sitzen an der Hauswand und essen. Niemand sieht auf.

SHEN TE *zur Shin:* Sie selber haben es doch gesehen!

DIE SHIN Ich will nichts mit der Polizei zu tun haben.

SHEN TE *zur Schwägerin:* Dann Sie!

DIE SCHWÄGERIN Ich? Ich habe nicht hingesehen!

DIE SHIN Natürlich haben Sie hingesehen! Ich habe gesehen, daß Sie hingesehen haben! Sie haben nur Furcht, weil der Barbier zu mächtig ist.

SHEN TE *zum Großvater:* Ich bin sicher, Sie bezeugen den Vorfall.

DIE SCHWÄGERIN Sein Zeugnis wird nicht angenommen. Er ist gaga.

SHEN TE *zum Arbeitslosen:* Es handelt sich vielleicht um eine Lebensrente.

DER ARBEITSLOSE Ich bin schon zweimal wegen Bettelei aufgeschrieben worden. Mein Zeugnis würde ihm eher schaden.

SHEN TE *ungläubig:* So will keines von euch sagen, was ist? Am hellen Tage wurde ihm die Hand zerbrochen, ihr habt alle zugeschaut, und keines will reden? *Zornig:*

Oh, ihr Unglücklichen!
Euerm Bruder wird Gewalt angetan, und ihr kneift die
      Augen zu!
Der Getroffene schreit laut auf, und ihr schweigt?
Der Gewalttätige geht herum und wählt sein Opfer
Und ihr sagt: uns verschont er, denn wir zeigen kein
      Mißfallen.
Was ist das für eine Stadt, was seid ihr für Menschen!
Wenn in einer Stadt ein Unrecht geschieht,
      muß ein Aufruhr sein
Und wo kein Aufruhr ist, da ist es besser,
      daß die Stadt untergeht
Durch ein Feuer, bevor es Nacht wird!

Wang, wenn niemand deinen Zeugen macht, der dabei war, dann will ich deinen Zeugen machen und sagen, daß ich es gesehen habe.

DIE SHIN Das wird Meineid sein.

WANG Ich weiß nicht, ob ich das annehmen kann. Aber vielleicht muß ich es annehmen. *Auf seine Hand blickend, besorgt:* Meint ihr, sie ist auch dick genug?

Es kommt mir vor, als sei sie schon wieder abgeschwollen.

DER ARBEITSLOSE *beruhigt ihn:* Nein, sie ist bestimmt nicht
abgeschwollen.

WANG Wirklich nicht? Ja, ich glaube auch, sie schwillt
sogar ein wenig mehr an. Vielleicht ist doch das Gelenk
gebrochen. Ich laufe besser gleich zum Richter. *Seine
Hand sorgsam haltend, den Blick immer darauf gerich-
tet, läuft er weg.*

Die Shin läuft in die Barbierstube.

DER ARBEITSLOSE Sie läuft zum Barbier, sich einschmeicheln.

DIE SCHWÄGERIN Wir können die Welt nicht ändern.

SHEN TE *entmutigt:* Ich habe euch nicht beschimpfen wollen. Ich bin nur erschrocken. Nein, ich wollte euch beschimpfen. Geht mir aus den Augen!

*Der Arbeitslose, die Schwägerin und der Großvater
gehen essend und maulend ab.*

Shen Te zum Publikum:

Sie antworten nicht mehr. Wo man sie hinstellt
Bleiben sie stehen, und wenn man sie wegweist
Machen sie schnell Platz!
Nichts bewegt sie mehr. Nur
Der Geruch des Essens macht sie aufschauen.

*Eine alte Frau kommt gelaufen. Es ist Suns Mutter, Frau
Yang.*

FRAU YANG *atemlos:* Sind Sie Fräulein Shen Te? Mein
Sohn hat mir alles erzählt. Ich bin Suns Mutter, Frau
Yang. Denken Sie, er hat jetzt die Aussicht, eine Flieger-
stelle zu bekommen! Heute morgen, eben vorhin, ist ein
Brief gekommen, aus Peking. Von einem Hangarver-
walter beim Postflug.

SHEN TE Daß er wieder fliegen kann? Oh, Frau Yang!

FRAU YANG Aber die Stelle kostet schreckliches Geld: 500 Silberdollar.

SHEN TE Das ist viel, aber am Geld darf so etwas nicht scheitern. Ich habe doch den Laden.

FRAU YANG Wenn Sie da etwas tun könnten!

SHEN TE *umarmt sie:* Wenn ich ihm helfen könnte!

FRAU YANG Sie würden einem begabten Menschen eine Chance geben.

SHEN TE Wie dürfen sie einen hindern, sich nützlich zu machen! *Nach einer Pause:* Nur, für den Laden werde ich zu wenig bekommen, und die 200 Silberdollar Bargeld hier sind bloß ausgeliehen. Die freilich können Sie gleich mitnehmen. Ich werde meine Tabakvorräte verkaufen und sie davon zurückzahlen.

Sie gibt ihr das Geld der beiden Alten.

FRAU YANG Ach, Fräulein Shen Te, das ist Hilfe am rechten Ort. Und sie nannten ihn schon den toten Flieger hier in der Stadt, weil sie alle überzeugt waren, daß er so wenig wie ein Toter je wieder fliegen würde.

SHEN TE Aber 300 Silberdollar brauchen wir noch für die Fliegerstelle. Wir müssen nachdenken, Frau Yang. *Langsam:* Ich kenne jemand, der mir da vielleicht helfen könnte. Einen, der schon einmal Rat geschafft hat. Ich wollte ihn eigentlich nicht mehr rufen, da er zu hart und zu schlau ist. Es müßte wirklich das letzte Mal sein. Aber ein Flieger muß fliegen, das ist klar.

Fernes Motorengeräusch.

FRAU YANG Wenn der, von dem Sie sprechen, das Geld beschaffen könnte! Sehen Sie, das ist das morgendliche Postflugzeug, das nach Peking geht!

SHEN TE *entschlossen:* Winken Sie, Frau Yang! Der Flieger kann uns bestimmt sehen! *Sie winkt mit ihrem Shawl.* Winken Sie auch!

FRAU YANG *winkend:* Kennen Sie den, der da fliegt?

SHEN TE Nein. Einen, der fliegen wird. Denn der Hoff-
nungslose soll fliegen, Frau Yang. Einer wenigstens soll
über all dies Elend, einer soll über uns alle sich erheben
können! *Zum Publikum:*

Yang Sun, mein Geliebter, in der Gesellschaft
        der Wolken!
Den großen Stürmen trotzend
Fliegend durch die Himmel und bringend
Den Freunden im fernen Land
Die freundliche Post.

Zwischenspiel vor dem Vorhang

Shen Te tritt auf, in den Händen die Maske und den Anzug des Shui Ta und singt

»DAS LIED VON DER WEHRLOSIGKEIT DER GÖTTER
UND GUTEN«

In unserem Lande
Braucht der Nützliche Glück. Nur
Wenn er starke Helfer findet
Kann er sich nützlich erweisen.
Die Guten
Können sich nicht helfen, und die Götter sind
        machtlos.
   Warum haben die Götter nicht Tanks und Kanonen
   Schlachtschiffe und Bombenflugzeuge und Minen
   Die Bösen zu fällen, die Guten zu schonen?
   Es stünde wohl besser mit uns und mit ihnen.

Sie legt den Anzug des Shui Ta an und macht einige Schritte in seiner Gangart.

Die Guten
Können in unserem Lande nicht lang gut bleiben.
Wo die Teller leer sind, raufen sich die Esser.
Ach, die Gebote der Götter
Helfen nicht gegen den Mangel.
   Warum erscheinen die Götter nicht auf unsern
        Märkten
   Und verteilen lächelnd die Fülle der Waren?

Und gestatten den vom Brot und vom Weine
        Gestärkten
Miteinander nun freundlich und gut zu verfahren?

Sie setzt die Maske des Shui Ta auf und fährt mit seiner
Stimme zu singen fort.

Um zu einem Mittagessen zu kommen
Braucht es der Härte, mit der sonst Reiche gegründet
        werden.
Ohne zwölf zu zertreten
Hilft keiner einem Elenden.
    Warum sagen die Götter nicht laut in den obern
        Regionen
    Daß sie den Guten nun einmal die gute Welt schulden?
    Warum stehn sie den Guten nicht bei mit Tanks
        und Kanonen
Und befehlen: Gebt Feuer! und dulden kein Dulden?

5

Der Tabakladen

Hinter dem Ladentisch sitzt Shui Ta und liest die Zeitung. Er beachtet nicht im geringsten die Shin, die aufwischt und dabei redet.

DIE SHIN So ein kleiner Laden ist schnell ruiniert, wenn einmal gewisse Gerüchte sich im Viertel verbreiten, das können Sie mir glauben. Es wäre hohe Zeit, daß Sie als ordentlicher Mann in die dunkle Affäre zwischen dem Fräulein und diesem Yang Sun aus der Gelben Gasse hineinleuchteten. Vergessen Sie nicht, daß Herr Shu Fu. der Barbier von nebenan, ein Mann, der zwölf Häuser besitzt und nur eine einzige und dazu alte Frau hat, mir gegenüber erst gestern ein schmeichelhaftes Interesse für das Fräulein angedeutet hat. Er hatte sich sogar schon nach ihren Vermögensverhältnissen erkundigt. Das beweist wohl echte Neigung, möchte ich meinen.

Da sie keine Antwort erhält, geht sie endlich mit dem Eimer hinaus.

SUNS STIMME *von draußen:* Ist das Fräulein Shen Te's Laden?

STIMME DER SHIN Ja, das ist er. Aber heute ist der Vetter da.

Shui Ta läuft mit den leichten Schritten der Shen Te zu einem Spiegel und will eben beginnen, sich das Haar zu richten, als er im Spiegel den Irrtum bemerkt. Er wendet sich leise lachend ab. Eintritt Yang Sun. Hinter ihm kommt neugierig die Shin. Sie geht an ihm vorüber ins Gelaß.

SUN Ich bin Yang Sun. *Shui Ta verbeugt sich.* Ist Shen Te da?

SHUI TA Nein, sie ist nicht da.

SUN Aber Sie sind wohl im Bild, wie wir zueinander stehen. *Er beginnt den Laden in Augenschein zu nehmen.* Ein leibhaftiger Laden! Ich dachte immer, sie nimmt da den Mund etwas voll. *Er schaut befriedigt in die Kistchen und Porzellantöpfchen.* Mann, ich werde wieder fliegen! *Er nimmt sich eine Zigarre, und Shui Ta reicht ihm Feuer.* Glauben Sie, wir können noch 300 Silberdollar aus dem Laden herausschlagen?

SHUI TA Darf ich fragen: haben Sie die Absicht, ihn auf der Stelle zu verkaufen?

SUN Haben wir denn die 300 bar? *Shui Ta schüttelt den Kopf.* Es war anständig von ihr, daß sie die 200 sofort herausrückte. Aber ohne die 300, die noch fehlen, bringen sie mich nicht weiter.

SHUI TA Vielleicht war es ein bißchen schnell, daß sie Ihnen das Geld zusagte. Es kann sie den Laden kosten. Man sagt: Eile heißt der Wind, der das Baugerüst umwirft.

SUN Ich brauche das Geld schnell oder gar nicht. Und das Mädchen gehört nicht zu denen, die lang zaudern, wenn es gilt, etwas zu geben. Unter uns Männern: es hat bisher mit nichts gezaudert.

SHUI TA So.

SUN Was nur für sie spricht.

SHUI TA Darf ich wissen, wozu die 500 Silberdollar dienen würden?

SUN Sicher. Ich sehe, es soll mir auf den Zahn gefühlt werden. Der Hangarverwalter in Peking, ein Freund von mir aus der Flugschule, kann mir die Stelle verschaffen, wenn ich ihm 500 Silberdollar ausspucke.

SHUI TA Ist die Summe nicht außergewöhnlich hoch?

SUN Nein. Er muß eine Nachlässigkeit bei einem Flieger entdecken, der eine große Familie hat und deshalb sehr pflichteifrig ist. Sie verstehen. Das ist übrigens im Vertrauen gesagt, und Shen Te braucht es nicht zu wissen.

SHUI TA Vielleicht nicht. Nur eines: wird der Hangarverwalter dann nicht im nächsten Monat Sie verkaufen?

SUN Nicht mich. Bei mir wird es keine Nachlässigkeit geben. Ich bin lange genug ohne Stelle gewesen.

SHUI TA *nickt:* Der hungrige Hund zieht den Karren schneller nach Hause. *Er betrachtet ihn eine Zeitlang prüfend.* Die Verantwortung ist sehr groß. Herr Yang Sun, Sie verlangen von meiner Kusine, daß sie ihr kleines Besitztum und alle ihre Freunde in dieser Stadt aufgibt und ihr Schicksal ganz in Ihre Hände legt. Ich nehme an, daß Sie die Absicht haben, Shen Te zu heiraten?

SUN Dazu wäre ich bereit.

SHUI TA Aber ist es dann nicht schade, den Laden für ein paar Silberdollar wegzuhökern? Man wird wenig dafür bekommen, wenn man schnell verkaufen muß. Mit den 200 Silberdollar, die Sie in den Händen haben, wäre die Miete für ein halbes Jahr gesichert. Würde es Sie nicht auch locken, das Tabakgeschäft weiterzuführen?

SUN Mich? Soll man Yang Sun, den Flieger, hinter einem Ladentisch stehen sehen: »Wünschen Sie eine starke Zigarre oder eine milde, geehrter Herr?« Das ist kein Geschäft für die Yang Suns, nicht in diesem Jahrhundert!

SHUI TA Gestatten Sie mir die Frage, ob die Fliegerei ein Geschäft ist?

SUN *zieht einen Brief aus der Tasche:* Herr, ich bekomme 250 Silberdollar im Monat! Sehen Sie selber den Brief. Hier ist die Briefmarke und der Stempel. Peking.

SHUI TA 250 Silberdollar? Das ist viel.

SUN Meinen Sie, ich fliege umsonst?

SHUI TA Die Stelle ist anscheinend gut. Herr Yang Sun, meine Kusine hat mich beauftragt, Ihnen zu dieser Stelle als Flieger zu verhelfen, die Ihnen alles bedeutet. Vom Standpunkt meiner Kusine aus sehe ich keinen triftigen Einwand dagegen, daß sie dem Zug ihres Herzens folgt. Sie ist vollkommen berechtigt, der Freuden der Liebe teilhaftig zu werden. Ich bin bereit, alles hier zu Geld zu machen. Da kommt die Hausbesitzerin, Frau Mi Tzü, die ich wegen des Verkaufs um Rat fragen will.

DIE HAUSBESITZERIN *herein:* Guten Tag, Herr Shui Ta. Es handelt sich wohl um die Ladenmiete, die übermorgen fällig ist.

SHUI TA Frau Mi Tzü, es sind Umstände eingetreten, die es zweifelhaft gemacht haben, ob meine Kusine den Laden weiterführen wird. Sie gedenkt zu heiraten, und ihr zukünftiger Mann, – *er stellt Yang Sun vor* – Herr Yang Sun, nimmt sie mit sich nach Peking, wo sie eine neue Existenz gründen wollen. Wenn ich für meinen Tabak genug bekomme, verkaufe ich.

DIE HAUSBESITZERIN Wieviel brauchen Sie denn?

SUN 300 auf den Tisch.

SHUI TA *schnell:* Nein, 500!

DIE HAUSBESITZERIN *zu Sun:* Vielleicht kann ich Ihnen unter die Arme greifen. *Zu Shui Ta:* Was hat Ihr Tabak gekostet?

SHUI TA Meine Kusine hat einmal 1 000 Silberdollar dafür bezahlt, und es ist sehr wenig verkauft worden.

DIE HAUSBESITZERIN 1 000 Silberdollar! Sie ist natürlich hereingelegt worden. Ich will Ihnen etwas sagen: ich zahle Ihnen 300 Silberdollar für den ganzen Laden, wenn Sie übermorgen ausziehen.

SUN Das tun wir. Es geht, Alter!

SHUI TA Es ist zu wenig!

SUN Es ist genug!

SHUI TA Ich muß wenigstens 500 haben.

SUN Wozu?

SHUI TA Gestatten Sie, daß ich mit dem Verlobten meiner Kusine etwas bespreche. *Beiseite zu Sun:* Der ganze Tabak hier ist verpfändet an zwei alte Leute für die 200 Silberdollar, die Ihnen gestern ausgehändigt wurden.

SUN *zögernd:* Ist etwas Schriftliches darüber vorhanden?

SHUI TA Nein.

SUN *zur Hausbesitzerin nach einer kleinen Pause:* Wir können es machen mit den 300.

DIE HAUSBESITZERIN Aber ich müßte noch wissen, ob der Laden schuldenfrei ist.

SUN Antworten Sie!

SHUI TA Der Laden ist schuldenfrei.

SUN Wann wären die 300 zu bekommen?

DIE HAUSBESITZERIN Übermorgen, und Sie können es sich ja überlegen. Wenn Sie einen Monat Zeit haben mit dem Verkaufen, werden Sie mehr herausholen. Ich zahle 300 und das nur, weil ich gern das Meine tun will, wo es sich anscheinend um ein junges Liebesglück handelt. *Ab*

SUN *nachrufend:* Wir machen das Geschäft! Kistchen, Töpfchen und Säcklein, alles für 300, und der Schmerz ist zu Ende. *Zu Shui Ta:* Vielleicht bekommen wir bis übermorgen woanders mehr? Dann könnten wir sogar die 200 zurückzahlen.

SHUI TA Nicht in der kurzen Zeit. Wir werden keinen Silberdollar mehr haben als die 300 der Mi Tzü. Das Geld für die Reise zu zweit und die erste Zeit haben Sie?

SUN Sicher.

SHUI TA Wieviel ist das?

SUN Jedenfalls werde ich es auftreiben, und wenn ich es stehlen müßte!

SHUI TA Ach so, auch diese Summe müßte erst aufgetrieben werden?

SUN Kipp nicht aus den Schuhen, Alter. Ich komme schon nach Peking.

SHUI TA Aber für zwei Leute kann es nicht so billig sein.

SUN Zwei Leute? Das Mädchen lasse ich doch hier. Sie wäre mir in der ersten Zeit nur ein Klotz am Bein.

SHUI TA Ich verstehe.

SUN Warum schauen Sie mich an wie einen undichten Ölbehälter? Man muß sich nach der Decke strecken.

SHUI TA Und wovon soll meine Kusine leben?

SUN Können Sie nicht etwas für sie tun?

SHUI TA Ich werde mich bemühen. *Pause.* Ich wollte, Sie händigten mir die 200 Silberdollar wieder aus, Herr Yang Sun, und ließen sie hier, bis Sie imstande sind, mir zwei Billets nach Peking zu zeigen.

SUN Lieber Schwager, ich wollte, du mischtest dich nicht hinein.

SHUI TA Fräulein Shen Te ...

SUN Überlassen Sie das Mädchen ruhig mir.

SHUI TA ... wird vielleicht ihren Laden nicht mehr verkaufen wollen, wenn sie erfährt ...

SUN Sie wird auch dann.

SHUI TA Und von meinem Einspruch befürchten Sie nichts?

SUN Lieber Herr!

SHUI TA Sie scheinen zu vergessen, daß sie ein Mensch ist und eine Vernunft hat.

SUN *belustigt:* Was gewisse Leute von ihren weiblichen Verwandten und der Wirkung vernünftigen Zuredens denken, hat mich immer gewundert. Haben Sie schon einmal von der Macht der Liebe oder dem Kitzel des Fleisches gehört? Sie wollen an ihre Vernunft appellieren? Sie hat keine Vernunft! Dagegen ist sie zeitlebens mißhandelt worden, armes Tier! Wenn ich ihr die Hand auf die Schulter lege und ihr sage »Du gehst mit mir«, hört sie Glocken und kennt ihre Mutter nicht mehr.

SHUI TA *mühsam:* Herr Yang Sun!

SUN Herr Wie-Sie-auch-heißen-mögen!

SHUI TA Meine Kusine ist Ihnen ergeben, weil . . .

SUN Wollen wir sagen, weil ich die Hand am Busen habe?
Stopf's in deine Pfeife und rauch's! *Er nimmt sich noch
eine Zigarre, dann steckt er ein paar in die Tasche, und
am Ende nimmt er die Kiste unter den Arm.* Du kommst
zu ihr nicht mit leeren Händen: bei der Heirat bleibt's.
Und da bringt sie die 300, oder du bringst sie, oder sie,
oder du! *Ab*

DIE SHIN *steckt den Kopf aus dem Gelaß:* Keine angenehme
Erscheinung! Und die ganze Gelbe Gasse weiß, daß er
das Mädchen vollständig in der Hand hat.

SHUI TA *aufschreiend:* Der Laden ist weg! Er liebt nicht!
Das ist der Ruin. Ich bin verloren! *Er beginnt herumzu-
laufen wie ein gefangenes Tier, immerzu wiederholend:*
»Der Laden ist weg!«, *bis er plötzlich stehenbleibt und
die Shin anredet:* Shin, Sie sind am Rinnstein aufge-
wachsen, und so bin ich es. Sind wir leichtfertig? Nein.
Lassen wir es an der nötigen Brutalität fehlen? Nein.
Ich bin bereit, Sie am Hals zu nehmen und Sie solang zu
schütteln, bis Sie den Käsch ausspucken, den Sie mir gestohlen haben, Sie wissen es. Die Zeiten sind furchtbar,
diese Stadt ist eine Hölle, aber wir krallen uns an der
glatten Mauer hoch. Dann ereilt einen von uns das Unglück: er liebt. Das genügt, er ist verloren. Eine Schwäche
und man ist abserviert. Wie soll man sich von allen
Schwächen freimachen, vor allem von der tödlichsten,
der Liebe? Sie ist ganz unmöglich! Sie ist zu teuer! Freilich, sagen Sie selbst, kann man leben, immer auf der
Hut? Was ist das für eine Welt?

Die Liebkosungen gehen in Würgungen über.
Der Liebesseufzer verwandelt sich in den Angstschrei.

Warum kreisen die Geier dort?
Dort geht eine zum Stelldichein!

DIE SHIN Ich denke, ich hole lieber gleich den Barbier. Sie
müssen mit dem Barbier reden. Das ist ein Ehrenmann.
Der Barbier, das ist der Richtige für Ihre Kusine.
*Da sie keine Antwort erhält, läuft sie weg. Shui Ta läuft
wieder herum, bis Herr Shu Fu eintritt, gefolgt von der
Shin, die sich jedoch auf einen Wink Herrn Shu Fu's zu-
rückziehen muß.*
SHUI TA *eilt ihm entgegen:* Lieber Herr, vom Hörensagen
weiß ich, daß Sie für meine Kusine einiges Interesse angedeutet haben. Lassen Sie mich alle Gebote der Schick-
lichkeit, die Zurückhaltung fordern, beiseite setzen, denn
das Fräulein ist im Augenblick in größter Gefahr.
HERR SHU FU Oh!
SHUI TA Noch vor wenigen Stunden im Besitz eines eigenen Ladens, ist meine Kusine jetzt wenig mehr als eine
Bettlerin. Herr Shu Fu, dieser Laden ist ruiniert.
HERR SHU FU Herr Shui Ta, der Zauber Fräulein Shen Te's
besteht kaum in der Güte ihres Ladens, sondern in der
Güte ihres Herzens. Der Name, den dieses Viertel dem
Fräulein verlieh, sagt alles: Der Engel der Vorstädte!
SHUI TA Lieber Herr, diese Güte hat meine Kusine an
einem einzigen Tage 200 Silberdollar gekostet! Da muß
ein Riegel vorgeschoben werden.
HERR SHU FU Gestatten Sie, daß ich eine abweichende
Meinung äußere: dieser Güte muß der Riegel erst recht
eigentlich geöffnet werden. Es ist die Natur des Fräuleins, Gutes zu tun. Was bedeutet da die Speisung von
vier Menschen, die ich sie jeden Morgen mit Rührung
vornehmen sehe! Warum darf sie nicht vierhundert spei-
sen? Ich höre, sie zerbricht sich zum Beispiel den Kopf,
wie ein paar Obdachlose unterbringen. Meine Häuser

hinter dem Viehhof stehen leer. Sie sind zu ihrer Verfügung usw. usw. Herr Shui Ta, dürfte ich hoffen, daß solche Ideen, die mir in den letzten Tagen gekommen sind, bei Fräulein Shen Te Gehör finden könnten?

SHUI TA Herr Shu Fu, sie wird so hohe Gedanken mit Bewunderung anhören.

Herein Wang mit dem Polizisten. Herr Shu Fu wendet sich um und studiert die Stellagen.

WANG Ist Fräulein Shen Te hier?

SHUI TA Nein.

WANG Ich bin Wang, der Wasserverkäufer. Sie sind wohl Herr Shui Ta?

SHUI TA Ganz richtig. Guten Tag, Wang.

WANG Ich bin befreundet mit Shen Te.

SHUI TA Ich weiß, daß Sie einer Ihrer ältesten Freunde sind.

WANG *zum Polizisten:* Sehen Sie? *Zu Shui Ta:* Ich komme wegen meiner Hand.

DER POLIZIST Kaputt ist sie, das ist nicht zu leugnen.

SHUI TA *schnell:* Ich sehe, Sie brauchen eine Schlinge für den Arm.

Er holt aus dem Gelaß einen Shawl und wirft ihn Wang zu.

WANG Aber das ist doch der neue Shawl!

SHUI TA Sie braucht ihn nicht mehr.

WANG Aber sie hat ihn gekauft, um jemand Bestimmtem zu gefallen.

SHUI TA Das ist nicht mehr nötig, wie es sich herausgestellt hat.

WANG *macht sich eine Schlinge aus dem Shawl:* Sie ist meine einzige Zeugin.

DER POLIZIST Ihre Kusine soll gesehen haben, wie der Barbier Shu Fu mit der Brennschere nach dem Wasserverkäufer geschlagen hat. Wissen Sie davon?

SHUI TA Ich weiß nur, daß meine Kusine selbst nicht zur Stelle war, als der kleine Vorfall sich abspielte.

WANG Das ist ein Mißverständnis! Lassen Sie Shen Te erst da sein, und alles klärt sich auf. Shen Te wird alles bezeugen. Wo ist sie?

SHUI TA *ernst:* Herr Wang, Sie nennen sich einen Freund meiner Kusine. Meine Kusine hat eben jetzt sehr große Sorgen. Sie ist von allen Seiten erschreckend ausgenutzt worden. Sie kann sich in Zukunft nicht mehr die allerkleinste Schwäche leisten. Ich bin überzeugt, Sie werden nicht verlangen, daß sie sich vollends um alles bringt, indem sie in Ihrem Fall anderes als die Wahrheit sagt.

WANG *verwirrt:* Aber ich bin auf ihren Rat zum Richter gegangen.

SHUI TA Sollte der Richter Ihre Hand heilen?

DER POLIZIST Nein. Aber er sollte den Barbier zahlen machen.

Herr Shu Fu dreht sich um.

SHUI TA Herr Wang, es ist eines meiner Prinzipien, mich nicht in einen Streit zwischen meinen Freunden zu mischen.

Shui Ta verbeugt sich vor Herrn Shu Fu, der sich zurückverbeugt.

WANG *die Schlinge wieder abnehmend und sie zurücklegend, traurig:* Ich verstehe.

DER POLIZIST Worauf ich wohl wieder gehen kann. Du bist mit deinem Schwindel an den Unrechten gekommen, nämlich an einen ordentlichen Mann. Sei das nächste Mal ein wenig vorsichtiger mit deinen Anklagen, Kerl. Wenn Herr Shu Fu nicht Gnade vor Recht ergehen läßt, kannst du noch wegen Ehrabschneidung ins Kittchen kommen. Ab jetzt!

Beide ab

SHUI TA Ich bitte, den Vorgang zu entschuldigen.

HERR SHU FU Er ist entschuldigt. *Dringend:* Und die Sache mit diesem »bestimmten Jemand« – *er zeigt auf den Shawl* – ist wirklich vorüber? Ganz aus?

SHUI TA Ganz. Er ist durchschaut. Freilich, es wird Zeit nehmen, bis alles verwunden ist.

HERR SHU FU Man wird vorsichtig sein, behutsam.

SHUI TA Da sind frische Wunden.

HERR SHU FU Sie wird aufs Land reisen.

SHUI TA Einige Wochen. Sie wird jedoch froh sein, zuvor alles besprechen zu können mit jemand, dem sie vertrauen kann.

HERR SHU FU Bei einem kleinen Abendessen, in einem kleinen, aber guten Restaurant.

SHUI TA In diskreter Weise. Ich beeile mich, meine Kusine zu verständigen. Sie wird sich vernünftig zeigen. Sie ist in großer Unruhe wegen ihres Ladens, den sie als Geschenk der Götter betrachtet. Gedulden Sie sich ein paar Minuten. *Ab in das Gelaß.*

DIE SHIN *steckt den Kopf herein:* Kann man gratulieren?

HERR SHU FU Man kann. Frau Shin, richten Sie heute noch Fräulein Shen Te's Schützlingen von mir aus, daß ich ihnen in meinen Häusern hinter dem Viehhof Unterkunft gewähre.

Sie nickt grinsend.

HERR SHU FU *aufstehend, zum Publikum:* Wie finden Sie mich, meine Damen und Herren? Kann man mehr tun? Kann man selbstloser sein? Feinfühliger? Weitblickender? Ein kleines Abendessen! Was denkt man sich doch dabei gemeinhin Ordinäres und Plumpes! Und nichts wird davon geschehen, nichts. Keine Berührung, nicht einmal eine scheinbar zufällige beim Reichen des Salznäpfchens! Nur ein Austausch von Ideen wird stattfinden. Zwei Seelen werden sich finden, über den Blumen des Tisches. Weiße Chrysanthemen übrigens. *Er notiert sich das.* Nein, hier wird nicht eine unglückliche Lage ausgenutzt, hier wird kein Vorteil aus einer Enttäuschung gezogen. Verständnis und Hilfe wird geboten, aber beinahe lautlos. Nur mit einem Blick wird das vielleicht anerkannt werden, einem Blick, der auch mehr bedeuten kann.

DIE SHIN So ist alles nach Wunsch gegangen, Herr Shu Fu?

HERR SHU FU Oh, ganz nach Wunsch! Es wird vermutlich Veränderungen in dieser Gegend geben. Ein gewisses Subjekt hat den Laufpaß bekommen, und einige Anschläge auf diesen Laden werden zu Fall gebracht werden. Gewisse Leute, die sich nicht entblöden, dem Ruf des keuschesten Mädchens dieser Stadt zu nahe zu treten, werden es in Zukunft mit mir zu tun bekommen. Was wissen Sie von diesem Yang Sun?

DIE SHIN Er ist der schmutzigste, faulste...

HERR SHU FU Er ist nichts. Es gibt ihn nicht. Er ist nicht vorhanden, Shin.

Herein Sun.

SUN Was geht hier vor?

DIE SHIN Herr Shu Fu, wünschen Sie, daß ich Herrn Shui Ta rufe? Er wird nicht wollen, daß sich hier fremde Leute im Laden herumtreiben.

HERR SHU FU Fräulein Shen Te hat eine wichtige Besprechung mit Herrn Shui Ta, die nicht unterbrochen werden darf.

SUN Was, sie ist hier? Ich habe sie gar nicht hineingehen sehen! Was ist das für eine Besprechung? Da muß ich teilnehmen!

HERR SHU FU *hindert ihn, ins Gelaß zu gehen:* Sie werden sich zu gedulden haben, mein Herr. Ich denke, ich weiß, wer Sie sind. Nehmen Sie zur Kenntnis, daß Fräulein Shen Te und ich vor der Bekanntgabe unserer Verlobung stehen.

SUN Was?

DIE SHIN Das setzt Sie in Erstaunen, wie?

Sun ringt mit dem Barbier, um ins Gelaß zu kommen,
heraus tritt Shen Te.

HERR SHU FU Entschuldigen Sie, liebe Shen Te. Vielleicht
erklären Sie ...

SUN Was ist da los, Shen Te? Bist du verrückt geworden?

SHEN TE *atemlos:* Sun, mein Vetter und Herr Shu Fu sind
übereingekommen, daß ich Herrn Shu Fu's Ideen an-
höre, wie man den Leuten in diesem Viertel helfen
könnte. *Pause.* Mein Vetter ist gegen unsere Beziehung.

SUN Und du bist einverstanden?

SHEN TE Ja.

Pause

SUN Haben sie dir gesagt, ich bin ein schlechter Mensch?

Shen Te schweigt.

Denn das bin ich vielleicht, Shen Te. Und das ist es,
warum ich dich brauche. Ich bin ein niedriger Mensch.
Ohne Kapital, ohne Manieren. Aber ich wehre mich. Sie
treiben dich in dein Unglück, Shen Te! *Er geht zu ihr.*
Gedämpft: Sieh ihn doch an! Hast du keine Augen im
Kopf? *Mit der Hand auf ihrer Schulter:* Armes Tier,
wozu wollten sie dich jetzt wieder bringen? In eine Ver-
nunftheirat? Ohne mich hätten sie dich einfach auf die
Schlachtbank geschleift. Sag selber, ob du ohne mich
nicht mit ihm weggegangen wärst?

SHEN TE Ja.

SUN Einem Mann, den du nicht liebst!

SHEN TE Ja.

SUN Hast du alles vergessen? Wie es regnete?

SHEN TE Nein.

SUN Wie du mich vom Ast geschnitten, wie du mir ein Glas
Wasser gekauft, wie du mir das Geld versprochen hast,
daß ich wieder fliegen kann?

SHEN TE *zitternd:* Was willst du?

SUN Daß du mit mir weggehst.

SHEN TE Herr Shu Fu, verzeihen Sie mir, ich will mit Sun weggehen.

SUN Wir sind Liebesleute, wissen Sie. *Er führt sie zur Tür.* Wo hast du den Ladenschlüssel? *Er nimmt ihn aus ihrer Tasche und gibt ihn der Shin.* Legen Sie ihn auf die Türschwelle, wenn Sie fertig sind. Komm, Shen Te.

HERR SHU FU Aber das ist ja eine Vergewaltigung! *Schreit nach hinten:* Herr Shui Ta!

SUN Sag ihm, er soll hier nicht herumbrüllen.

SHEN TE Bitte rufen Sie meinen Vetter nicht, Herr Shu Fu. Er ist nicht einig mit mir, ich weiß es. Aber er hat nicht recht, ich fühle es. *Zum Publikum:*

Ich will mit dem gehen, den ich liebe.
Ich will nicht ausrechnen, was es kostet.
Ich will nicht nachdenken, ob es gut ist.
Ich will nicht wissen, ob er mich liebt.
Ich will mit ihm gehen, den ich liebe.

SUN So ist es.
Beide gehen ab.

Zwischenspiel vor dem Vorhang

Shen Te, im Hochzeitsschmuck auf dem Weg zur Hochzeit, wendet sich an das Publikum.

SHEN TE Ich habe ein schreckliches Erlebnis gehabt. Als ich aus der Tür trat, lustig und erwartungsvoll, stand die alte Frau des Teppichhändlers auf der Straße und erzählte mir zitternd, daß ihr Mann vor Aufregung und Sorge um das Geld, das sie mir geliehen haben, krank geworden ist. Sie hielt es für das Beste, wenn ich ihr das Geld jetzt auf jeden Fall zurückgäbe. Ich versprach es natürlich. Sie war sehr erleichtert und wünschte mir weinend alles Gute, mich um Verzeihung bittend, daß sie meinem Vetter und leider auch Sun nicht voll vertrauen könnten. Ich mußte mich auf die Treppe setzen, als sie weg war, so erschrocken war ich über mich. In einem Aufruhr der Gefühle hatte ich mich Yang Sun wieder in die Arme geworfen. Ich konnte seiner Stimme und seinen Liebkosungen nicht widerstehen. Das Böse, was er Shui Ta gesagt hatte, hatte Shen Te nicht belehren können. In seine Arme sinkend, dachte ich noch: die Götter haben auch gewollt, daß ich zu mir gut bin.

Keinen verderben zu lassen, auch nicht sich selber
Jeden mit Glück zu erfüllen, auch sich, das ist gut.

Wie habe ich die beiden guten Alten einfach vergessen können! Sun hat wie ein kleiner Hurrikan in Richtung Peking meinen Laden einfach weggefegt und mit ihm alle meine Freunde. Aber er ist nicht schlecht, und er liebt mich. Solang ich um ihn bin, wird er nichts Schlechtes tun. Was ein Mann zu Männern sagt, das bedeutet nichts. Da will er groß und mächtig erscheinen und besonders hartgekocht. Wenn ich ihm sage, daß die beiden Alten ihre Steuern nicht bezahlen können, wird er alles verstehen. Lieber wird er in die Zementfabrik gehen, als sein Fliegen einer Untat verdanken zu wollen. Freilich, das Fliegen ist bei ihm eine große Leidenschaft. Werde ich stark genug sein, das Gute in ihm anzurufen? Jetzt, auf dem Weg zur Hochzeit, schwebe ich zwischen Furcht und Freude.

Sie geht schnell weg.

6

Nebenzimmer eines billigen Restaurants in der Vorstadt

Ein Kellner schenkt der Hochzeitsgesellschaft Wein ein.
Bei Shen Te stehen der Großvater, die Schwägerin, die
Nichte, die Shin und der Arbeitslose. In der Ecke steht
allein ein Bonze. Vorn spricht Sun mit seiner Mutter,
Frau Yang. Er trägt einen Smoking.

SUN Etwas Unangenehmes, Mama. Sie hat mir eben in
aller Unschuld gesagt, daß sie den Laden nicht für mich
verkaufen kann. Irgendwelche Leute erheben eine Forderung, weil sie ihr die 200 Silberdollar geliehen haben,
die sie dir gab. Dabei sagt ihr Vetter, daß überhaupt
nichts Schriftliches vorliegt.

FRAU YANG Was hast du ihr geantwortet? Du kannst sie
natürlich nicht heiraten.

SUN Es hat keinen Sinn, mit ihr über so etwas zu reden,
sie ist zu dickköpfig. Ich habe nach ihrem Vetter geschickt.

FRAU YANG Aber der will sie doch mit dem Barbier ver-
heiraten.

SUN Diese Heirat habe ich erledigt. Der Barbier ist vor
den Kopf gestoßen worden. Ihr Vetter wird schnell be-
greifen, daß der Laden weg ist, wenn ich die 200 nicht
mehr herausrücke, weil dann die Gläubiger ihn beschlag-
nahmen, daß aber auch die Stelle weg ist, wenn ich die
300 nicht noch bekomme.

FRAU YANG Ich werde vor dem Restaurant nach ihm aus-
schauen. Geh jetzt zu deiner Braut, Sun!

SHEN TE *beim Weineinschenken zum Publikum:* Ich habe
mich nicht in ihm geirrt. Mit keiner Miene hat er Enttäuschung gezeigt. Trotz des schweren Schlages, den für
ihn der Verzicht auf das Fliegen bedeuten muß, ist er

vollkommen heiter. Ich liebe ihn sehr. *Sie winkt Sun zu sich.* Sun, mit der Braut hast du noch nicht angestoßen!

SUN Worauf soll es sein?

SHEN TE Es soll auf die Zukunft sein.

Sie trinken.

SUN Wo der Smoking des Bräutigams nicht mehr nur geliehen ist.

SHEN TE Aber das Kleid der Braut noch mitunter in den Regen kommt.

SUN Auf alles, was wir uns wünschen!

SHEN TE Daß es schnell eintrifft!

FRAU YANG *im Abgehen zur Shin:* Ich bin entzückt von meinem Sohn. Ich habe ihm immer eingeschärft, daß er jede bekommen kann. Warum, er ist als Mechaniker ausgebildet und Flieger. Und was sagt er mir jetzt? Ich heirate aus Liebe, Mama, sagt er. Geld ist nicht alles. Es ist eine Liebesheirat! *Zur Schwägerin:* Einmal muß es ja sein, nicht wahr? Aber es ist schwer für eine Mutter, es ist schwer. *Zum Bonzen zurückrufend:* Machen Sie es nicht zu kurz. Wenn Sie sich zu der Zeremonie ebensoviel Zeit nehmen wie zum Aushandeln der Taxe, wird sie würdig sein. *Zu Shen Te:* Wir müssen allerdings noch ein wenig aufschieben, meine Liebe. Einer der teuersten Gäste ist noch nicht eingetroffen. *Zu allen:* Entschuldigt, bitte. *Ab*

DIE SCHWÄGERIN Man geduldet sich gern, so lang es Wein gibt.

Sie setzen sich.

DER ARBEITSLOSE Man versäumt nichts.

SUN *laut und spaßhaft vor den Gästen:* Und vor der Verehelichung muß ich noch ein kleines Examen abhalten mit dir. Das ist wohl nicht unnötig, wenn so schnelle Hochzeiten beschlossen werden. *Zu den Gästen:* Ich weiß gar nicht, was für eine Frau ich bekomme. Das

beunruhigt mich. Kannst du zum Beispiel aus drei Tee-
blättern fünf Tassen Tee kochen?

SHEN TE Nein.

SUN Ich werde also keinen Tee bekommen. Kannst du auf
einem Strohsack von der Größe des Buches schlafen, das
der Priester liest?

SHEN TE Zu zweit?

SUN Allein.

SHEN TE Dann nicht.

SUN Ich bin entsetzt, was für eine Frau ich bekomme.
*Alle lachen. Hinter Shen Te tritt Frau Yang in die Tür.
Sie bedeutet Sun durch ein Achselzucken, daß der er-
wartete Gast nicht zu sehen ist.*

FRAU YANG *zum Bonzen, der ihr seine Uhr zeigt:* Haben
Sie doch nicht solche Eile. Es kann sich doch nur noch
um Minuten handeln. Ich sehe, man trinkt und man
raucht und niemand hat Eile. *Sie setzt sich zu den
Gästen.*

SHEN TE Aber müssen wir nicht darüber reden, wie wir
alles ordnen werden?

FRAU YANG Oh, bitte nichts von Geschäften heute! Das
bringt einen so gewöhnlichen Ton in eine Feier, nicht?
*Die Eingangsglocke bimmelt. Alles schaut zur Tür, aber
niemand tritt ein.*

SHEN TE Auf wen wartet deine Mutter, Sun?

SUN Das soll eine Überraschung für dich sein. Was macht
übrigens dein Vetter Shui Ta? Ich habe mich gut mit
ihm verstanden. Ein sehr vernünftiger Mensch! Ein
Kopf! Warum sagst du nichts?

SHEN TE Ich weiß nicht. Ich will nicht an ihn denken.

SUN Warum nicht?

SHEN TE Weil du dich nicht mit ihm verstehen sollst. Wenn
du mich liebst, kannst du ihn nicht lieben.

SUN Dann sollen ihn die drei Teufel holen: der Bruchteufel,

der Nebelteufel und der Gasmangelteufel! Trink, Dick-
köpfige! *Er nötigt sie.*

DIE SCHWÄGERIN *zur Shin:* Hier stimmt etwas nicht.

DIE SHIN Haben Sie etwas anderes erwartet?

DER BONZE *tritt resolut zu Frau Yang, die Uhr in der Hand:*
Ich muß weg, Frau Yang. Ich habe noch eine zweite
Hochzeit und morgen früh ein Begräbnis.

FRAU YANG Meinen Sie, es ist mir angenehm, daß alles
hinausgeschoben wird? Wir hofften mit einem Krug
Wein auszukommen. Sehen Sie jetzt, wie er zur Neige
geht. *Laut zu Shen Te:* Ich verstehe nicht, liebe Shen Te,
warum dein Vetter so lang auf sich warten läßt!

SHEN TE Mein Vetter?

FRAU YANG Aber, meine Liebe, er ist es doch, den wir erwarten. Ich bin altmodisch genug zu meinen, daß ein so
naher Verwandter der Braut bei der Hochzeit zugegen
sein muß.

SHEN TE Oh, Sun, ist es wegen der 300 Silberdollar?

SUN *ohne sie anzusehen:* Du hörst doch, warum es ist. Sie
ist altmodisch. Ich nehme da Rücksicht. Wir warten eine
kleine Viertelstunde, und wenn er dann nicht gekommen ist, da die drei Teufel ihn im Griff haben, fangen
wir an!

FRAU YANG Sie wissen wohl alle schon, daß mein Sohn
eine Stelle als Postflieger bekommt. Das ist mir sehr angenehm. In diesen Zeiten muß man gut verdienen.

DIE SCHWÄGERIN Es soll in Peking sein, nicht wahr?

FRAU YANG Ja, in Peking.

SHEN TE Sun, du mußt es deiner Mutter sagen, daß aus
Peking nichts werden kann.

SUN Dein Vetter wird es ihr sagen, wenn er so denkt wie
du. Unter uns: ich denke nicht so.

SHEN TE *erschrocken:* Sun!

SUN Wie ich dieses Sezuan hasse! Und was für eine Stadt!

Weißt du, wie ich sie alle sehe, wenn ich die Augen halb zumache? Als Gäule. Sie drehen bekümmert die Hälse hoch: was donnert da über sie weg? Wie, sie werden nicht mehr benötigt? Was, ihre Zeit ist schon um? Sie können sich zu Tode beißen in ihrer Gäulestadt! Ach, hier herauskommen!

SHEN TE Aber ich habe den Alten ihr Geld zurückversprochen.

SUN Ja, das hast du mir gesagt. Und da du solche Dummheit machst, ist es gut, daß dein Vetter kommt. Trink und überlaß das Geschäftliche uns! Wir erledigen das.

SHEN TE *entsetzt:* Aber mein Vetter kann nicht kommen!

SUN Was heißt das?

SHEN TE Er ist nicht mehr da.

SUN Und wie denkst du dir unsere Zukunft, willst du mir das sagen?

SHEN TE Ich dachte, du hast noch die 200 Silberdollar. Wir können sie morgen zurückgeben und den Tabak behalten, der viel mehr wert ist, und ihn zusammen vor der Zementfabrik verkaufen, weil wir die Halbjahresmiete ja nicht bezahlen können.

SUN Vergiß das! Vergiß das schnell, Schwester! Ich soll mich auf die Straße stellen und Tabak verramschen an die Zementarbeiter, ich, Yang Sun, der Flieger! Lieber bringe ich die 200 in einer Nacht durch, lieber schmeiße ich sie in den Fluß! Und dein Vetter kennt mich. Mit ihm habe ich ausgemacht, daß er die 300 zur Hochzeit bringt.

SHEN TE Mein Vetter kann nicht kommen.

SUN Und ich dachte, er kann nicht wegbleiben.

SHEN TE Wo ich bin, kann er nicht sein.

SUN Wie geheimnisvoll!

SHEN TE Sun, das mußt du wissen, er ist nicht dein Freund. Ich bin es, die dich liebt. Mein Vetter Shui Ta liebt niemand. Er ist mein Freund, aber er ist keiner meiner Freunde Freund. Er war damit einverstanden, daß du das Geld der beiden Alten bekamst, weil er an die Fliegerstelle in Peking dachte. Aber er wird dir die 300 Silberdollar nicht zur Hochzeit bringen.

SUN Und warum nicht?

SHEN TE *ihm in die Augen sehend:* Er sagt, du hast nur ein Billett nach Peking gekauft.

SUN Ja, das war gestern, aber sieh her, was ich ihm heute zeigen kann! *Er zieht zwei Zettel halb aus der Brusttasche.* Die Alte braucht es nicht zu sehen. Das sind zwei Billette nach Peking, für mich und für dich. Meinst du noch, daß dein Vetter gegen die Heirat ist?

SHEN TE Nein. Die Stelle ist gut. Und meinen Laden habe ich nicht mehr.

SUN Deinetwegen habe ich die Möbel verkauft.

SHEN TE Sprich nicht weiter! Zeig mir nicht die Billette! Ich spüre eine zu große Furcht, ich könnte einfach mit dir gehen. Aber, Sun, ich kann dir die 300 Silberdollar nicht geben, denn was soll aus den beiden Alten werden?

SUN Was aus mir? *Pause.* Trink lieber! Oder gehörst du zu den Vorsichtigen? Ich mag keine vorsichtige Frau. Wenn ich trinke, fliege ich wieder. Und du, wenn du trinkst, dann verstehst du mich vielleicht, möglicherweise.

SHEN TE Glaub nicht, ich verstehe dich nicht. Daß du fliegen willst, und ich kann dir nicht dazu helfen.

SUN »Hier ein Flugzeug, Geliebter, aber es hat nur einen Flügel!«

SHEN TE Sun, zu der Stelle in Peking können wir nicht ehrlich kommen. Darum brauche ich die 200 Silberdollar wieder, die du von mir bekommen hast. Gib sie mir gleich, Sun!

SUN »Gib sie mir gleich, Sun!« Von was redest du eigentlich? Bist du meine Frau oder nicht? Denn du verrätst mich, das weißt du doch? Zum Glück, auch zu dem deinen, kommt es nicht mehr auf dich an, da alles ausgemacht ist.

FRAU YANG *eisig:* Sun, bist du sicher, daß der Vetter der Braut kommt? Es könnte beinahe erscheinen, er hat etwas gegen diese Heirat, da er ausbleibt.

SUN Wo denkst du hin, Mama! Er und ich sind ein Herz und eine Seele. Ich werde die Tür weit aufmachen, damit er uns sofort findet, wenn er gelaufen kommt, seinem Freund Sun den Brautführer zu machen. *Er geht zur Tür und stößt sie mit dem Fuß auf. Dann kehrt er, etwas schwankend, da er schon zu viel getrunken hat, zurück und setzt sich wieder zu Shen Te.* Wir warten. Dein Vetter hat mehr Vernunft als du. Die Liebe, sagt er weise, gehört zur Existenz. Und, was wichtiger ist, er weiß, was es für dich bedeutet: kein Laden mehr und auch keine Heirat!

Es wird gewartet.

FRAU YANG Jetzt!

Man hört Schritte und alle schauen nach der Tür. Aber die Schritte gehen vorüber.

DIE SHIN Es wird ein Skandal. Man kann es fühlen, man kann es riechen. Die Braut wartet auf die Hochzeit, aber der Bräutigam wartet auf den Herrn Vetter.

SUN Der Herr Vetter läßt sich Zeit.

SHEN TE *leise:* Oh, Sun!

SUN Hier zu sitzen mit den Billetten in der Tasche und eine Närrin daneben, die nicht rechnen kann! Und ich sehe den Tag kommen, wo du mir die Polizei ins Haus schickst, damit sie 200 Silberdollar abholt.

SHEN TE *zum Publikum:* Er ist schlecht und er will, daß auch ich schlecht sein soll. Hier bin ich, die ihn liebt, und er wartet auf den Vetter. Aber um mich sitzen die Verletzlichen, die Greisin mit dem kranken Mann, die Armen, die am Morgen vor der Tür auf den Reis warten, und ein unbekannter Mann aus Peking, der um seine Stelle besorgt ist. Und sie alle beschützen mich, indem sie mir alle vertrauen.

SUN *starrt auf den Glaskrug, in dem der Wein zur Neige gegangen ist:* Der Glaskrug mit dem Wein ist unsere Uhr. Wir sind arme Leute, und wenn die Gäste den Wein getrunken haben, ist sie abgelaufen für immer.

Frau Yang bedeutet ihm zu schweigen, denn wieder werden Schritte hörbar.

DER KELLNER *herein:* Befehlen Sie noch einen Krug Wein, Frau Yang?

FRAU YANG Nein, ich denke, wir haben genug. Der Wein macht einen nur warm, nicht?

DIE SHIN Er ist wohl auch teuer.

FRAU YANG Ich komme immer ins Schwitzen durch das Trinken.

DER KELLNER Dürfte ich dann um die Begleichung der Rechnung bitten?

FRAU YANG *überhört ihn:* Ich bitte die Herrschaften, sich noch ein wenig zu gedulden, der Verwandte muß ja unterwegs sein. *Zum Kellner:* Stör die Feier nicht!

DER KELLNER Ich darf Sie nicht ohne die Begleichung der Rechnung weglassen.

FRAU YANG Aber man kennt mich doch hier!

DER KELLNER Eben.

FRAU YANG Unerhört, die Bedienung heutzutage! Was sagst du dazu, Sun?

DER BONZE Ich empfehle mich. *Gewichtig ab.*

FRAU YANG *verzweifelt:* Bleibt alle ruhig sitzen! Der Priester kommt in wenigen Minuten zurück.

SUN Laß nur, Mama. Meine Herrschaften, nachdem der Priester gegangen ist, können wir Sie nicht mehr zurückhalten.

DIE SCHWÄGERIN Komm, Großvater!

DER GROSSVATER *leert ernst sein Glas:* Auf die Braut!

DIE NICHTE *zu Shen Te:* Nehmen Sie es ihm nicht übel. Er meint es freundlich. Er hat Sie gern.

DIE SHIN Das nenne ich eine Blamage!

Alle Gäste gehen ab

SHEN TE Soll ich auch gehen, Sun?

SUN Nein, du wartest. *Er zerrt sie an ihrem Brautschmuck, so daß er schief zu sitzen kommt.* Ist es nicht deine Hochzeit? Ich warte noch, und die Alte wartet auch noch. Sie jedenfalls wünscht den Falken in den Wolken. Ich glaube jetzt freilich fast, das wird am Sankt Nimmerleinstag sein, wo sie vor die Tür tritt und sein Flugzeug donnert über ihr Haus. *Nach den leeren Sitzen hin, als seien die Gäste noch da:* Meine Damen und Herren, wo bleibt die Konversation? Gefällt es Ihnen nicht hier? Die Hochzeit ist doch nur ein wenig verschoben, des erwarteten wichtigen Verwandten wegen, und weil die Braut nicht weiß, was Liebe ist. Um Sie zu unterhalten, werde ich, der Bräutigam, Ihnen ein Lied vorsingen.

Er singt:

»DAS LIED VOM SANKT NIMMERLEINSTAG«

Eines Tags, und das hat wohl ein jeder gehört
Der in ärmlicher Wiege lag
Kommt des armen Weibs Sohn auf 'nen
        goldenen Thron
Und der Tag heißt Sankt Nimmerleinstag.
  Am Sankt Nimmerleinstag
  Sitzt er auf 'nem goldenen Thron.

Und an diesem Tag zahlt die Güte sich aus
Und die Schlechtigkeit kostet den Hals
Und Verdienst und Verdienen, die machen gute Mienen
Und tauschen Brot und Salz.
   Am Sankt Nimmerleinstag
   Da tauschen sie Brot und Salz.

Und das Gras sieht auf den Himmel hinab
Und den Fluß hinauf rollt der Kies
Und der Mensch ist nur gut. Ohne daß er mehr tut
Wird die Erde zum Paradies.
   Am Sankt Nimmerleinstag
   Wird die Erde zum Paradies.

Und an diesem Tag werd ich Flieger sein
Und ein General bist du.
Und du Mann mit zuviel Zeit kriegst endlich Arbeit
Und du armes Weib kriegst Ruh.
   Am Sankt Nimmerleinstag
   Kriegst armes Weib du Ruh.

Und weil wir gar nicht mehr warten können
Heißt es, alles dies sei
Nicht erst auf die Nacht um halb acht oder acht
Sondern schon beim Hahnenschrei.
   Am Sankt Nimmerleinstag
   Beim ersten Hahnenschrei.

FRAU YANG Er kommt nicht mehr.
*Die drei sitzen, und zwei von ihnen schauen nach der
Tür.*

Zwischenspiel

Wangs Nachtlager

*Wieder erscheinen dem Wasserverkäufer im Traum die
Götter. Er ist über einem großen Buch eingeschlafen.
Musik.*

WANG Gut, daß ihr kommt, Erleuchtete! Gestattet eine
Frage, die mich tief beunruhigt. In der zerfallenen Hütte
eines Priesters, der weggezogen und Hilfsarbeiter in
der Zementfabrik geworden ist, fand ich ein Buch, und
darin entdeckte ich eine merkwürdige Stelle. Ich möchte
sie unbedingt vorlesen. Hier ist sie.
*Er blättert mit der Linken in einem imaginären Buch,
über dem Buch, das er im Schoß hat, und hebt dieses
imaginäre Buch zum Lesen hoch, während das richtige
liegenbleibt.*

WANG »In Sung ist ein Platz namens Dornhain. Dort ge-
deihen Katalpen, Zypressen und Maulbeerbäume. Die
Bäume nun, die ein oder zwei Spannen im Umfang
haben, die werden abgehauen von den Leuten, die Stäbe
für ihre Hundekäfige wollen. Die drei, vier Fuß im
Umfang haben, werden abgehauen von den vornehmen
und reichen Familien, die Bretter suchen für ihre Särge.
Die mit sieben, acht Fuß Umfang werden abgehauen
von denen, die nach Balken suchen für ihre Luxusvillen.
So erreichen sie alle nicht ihrer Jahre Zahl, sondern
gehen auf halbem Wege zugrunde durch Säge und Axt.
Das ist das Leiden der Brauchbarkeit.«

DER DRITTE GOTT Aber da wäre ja der Unnützeste der
Beste.

WANG Nein, nur der Glücklichste. Der Schlechteste ist der
Glücklichste.

DER ERSTE GOTT Was doch alles geschrieben wird!

DER ZWEITE GOTT Warum bewegt dich dieses Gleichnis so tief, Wasserverkäufer?

WANG Shen Te's wegen, Erleuchteter! Sie ist in ihrer Liebe gescheitert, weil sie die Gebote der Nächstenliebe befolgte. Vielleicht ist sie wirklich zu gut für diese Welt, Erleuchtete!

DER ERSTE GOTT Unsinn! Du schwacher, elender Mensch! Die Läuse und die Zweifel haben dich halb aufgefressen, scheint es.

WANG Sicher, Erleuchteter! Entschuldige! Ich dachte nur, Ihr könntet vielleicht eingreifen.

DER ERSTE GOTT Ganz unmöglich. Unser Freund hier – *er zeigt auf den dritten Gott, der ein blau geschlagenes Auge hat* – hat erst gestern in einen Streit eingegriffen, du siehst die Folgen.

WANG Aber der Vetter mußte schon wieder gerufen werden. Er ist ein ungemein geschickter Mensch, ich habe es am eigenen Leib erfahren, jedoch auch er konnte nichts ausrichten. Der Laden scheint schon verloren.

DER DRITTE GOTT *beunruhigt:* Vielleicht sollten wir doch helfen?

DER ERSTE GOTT Ich bin der Ansicht, daß sie sich selber helfen muß.

DER ZWEITE GOTT *streng:* Je schlimmer seine Lage ist, als desto besser zeigt sich der gute Mensch. Leid läutert!

DER ERSTE GOTT Wir setzen unsere ganze Hoffnung auf sie.

DER DRITTE GOTT Es steht nicht zum besten mit unserer Suche. Wir finden hier und da gute Anläufe, erfreuliche Vorsätze, viele hohe Prinzipien, aber das alles macht ja kaum einen guten Menschen aus. Wenn wir halbwegs gute Menschen treffen, leben sie nicht menschenwürdig. *Vertraulich:* Mit dem Nachtlager steht es besonders schlimm. Du kannst an den Strohhalmen, die an uns kleben, sehen, wo wir unsere Nächte zubringen.

WANG Nur eines, könntet ihr dann nicht wenigstens . . .

DIE GÖTTER Nichts. – Wir sind nur Betrachtende. – Wir glauben fest, daß unser guter Mensch sich zurechtfinden wird auf der dunklen Erde. – Seine Kraft wird wachsen mit der Bürde. – Warte nur ab, Wasserverkäufer, und du wirst erleben, alles nimmt ein gutes . . .

Die Gestalten der Götter sind immer blasser, ihre Stimmen immer leiser geworden. Nun entschwinden sie, und die Stimmen hören auf.

7

Hof hinter Shen Te's Tabakladen

Auf einem Wagen ein wenig Hausrat. Von der Wäsche-
leine nehmen Shen Te und die Shin Wäsche.

DIE SHIN Ich verstehe nicht, warum Sie nicht mit Messern
und Zähnen um Ihren Laden kämpfen.

SHEN TE Wie? Ich habe ja nicht einmal die Miete. Denn
die 200 Silberdollar der alten Leute muß ich heute
zurückgeben, aber da ich sie jemand anderem gegeben habe, muß ich meinen Tabak an Frau Mi Tzü verkaufen.

DIE SHIN Also alles hin! Kein Mann, kein Tabak, keine
Bleibe! So kommt es, wenn man etwas Besseres sein
will als unsereins. Wovon wollen Sie jetzt leben?

SHEN TE Ich weiß nicht. Vielleicht kann ich mit Tabak-
sortieren ein wenig verdienen.

DIE SHIN Wie kommt Herrn Shui Ta's Hose hierher? Er
muß nackicht von hier weggegangen sein.

SHEN TE Er hat noch eine andere Hose.

DIE SHIN Ich dachte, Sie sagten, er sei für immer weg-
gereist? Warum läßt er da seine Hose zurück?

SHEN TE Vielleicht braucht er sie nicht mehr.

DIE SHIN So soll sie nicht eingepackt werden?

SHEN TE Nein.

Herein stürzt Herr Shu Fu.

HERR SHU FU Sagen Sie nichts. Ich weiß alles. Sie haben
Ihr Liebesglück geopfert, damit zwei alte Leute, die auf
Sie vertrauten, nicht ruiniert sind. Nicht umsonst gibt
Ihnen dieses Viertel, dieses mißtrauische und böswillige,
den Namen »Engel der Vorstädte«. Ihr Herr Verlobter
konnte sich nicht zu Ihrer sittlichen Höhe emporarbeiten.

Sie haben ihn verlassen. Und jetzt schließen Sie Ihren Laden, diese kleine Insel der Zuflucht für so viele! Ich kann es nicht mit ansehen. Von meiner Ladentür aus habe ich Morgen für Morgen das Häuflein Elende vor Ihrem Geschäft gesehen und Sie selbst, Reis austeilend. Soll das für immer vorbei sein? Soll jetzt das Gute untergehen? Ach, wenn Sie mir gestatten, Ihnen bei Ihrem guten Werk behilflich zu sein! Nein, sagen Sie nichts! Ich will keine Zusicherung. Keinerlei Versprechungen, daß Sie meine Hilfe annehmen wollen! Aber hier – *er zieht ein Scheckbuch heraus und zeichnet einen Scheck, den er ihr auf den Wagen legt* – fertige ich Ihnen einen Blankoscheck aus, den Sie nach Belieben in jeder Höhe ausfüllen können, und dann gehe ich, still und bescheiden, ohne Gegenforderung, auf den Fußzehen, voll Verehrung, selbstlos. *Ab*

DIE SHIN *untersucht den Scheck:* Sie sind gerettet! Solche wie Sie haben Glück, sie finden immer einen Dummen. Jetzt aber zugegriffen! Schreiben Sie 1000 Silberdollar hinein, und ich laufe damit zur Bank, bevor er wieder zur Besinnung kommt.

SHEN TE Stellen Sie den Wäschekorb auf den Wagen. Die Wäscherechnung kann ich auch ohne den Scheck bezahlen.

DIE SHIN Was? Sie wollen den Scheck nicht annehmen? Das ist ein Verbrechen! Ist es nur, weil Sie meinen, daß Sie ihn dann heiraten müssen? Das wäre hellichter Wahnsinn. So einer will doch an der Nase herumgeführt werden! Das bereitet so einem geradezu Wollust. Wollen Sie etwa immer noch an Ihrem Flieger festhalten, von dem die ganze Gelbe Gasse und auch das Viertel hier herum weiß, wie schlecht er gegen Sie gewesen ist?

SHEN TE Es kommt alles von der Not.

Zum Publikum:
Ich habe ihn nachts die Backen aufblasen sehen
      im Schlaf: sie waren böse.
Und in der Frühe hielt ich seinen Rock gegen
      das Licht: da sah ich die Wand durch.
Wenn ich sein schlaues Lachen sah,
      bekam ich Furcht, aber
Wenn ich seine löchrigen Schuhe sah, liebte ich ihn sehr.

DIE SHIN Sie verteidigen ihn also noch? So etwas Verrück-
tes habe ich nie gesehen. *Zornig:* Ich werde aufatmen,
wenn wir Sie aus dem Viertel haben.

SHEN TE *schwankt beim Abnehmen der Wäsche:* Mir
schwindelt ein wenig.

DIE SHIN *nimmt ihr die Wäsche ab:* Wird Ihnen öfter
schwindlig, wenn Sie sich strecken oder bücken? Wenn
da nur nicht was Kleines unterwegs ist! *Lacht:* Der hat
Sie schön hereingelegt! Wenn das passiert sein sollte, ist
es mit dem großen Scheck Essig! Für solche Gelegenheit
war der nicht gedacht. *Sie geht mit einem Korb nach
hinten.*

*Shen Te schaut ihr bewegungslos nach. Dann betrachtet
sie ihren Leib, betastet ihn, und eine große Freude zeigt
sich auf ihrem Gesicht.*

SHEN TE *leise:* O Freude! Ein kleiner Mensch entsteht in
meinem Leibe. Man sieht noch nichts. Er ist aber schon
da. Die Welt erwartet ihn im Geheimen. In den Städten
heißt es schon: Jetzt kommt einer, mit dem man rechnen
muß. *Sie stellt ihren kleinen Sohn dem Publikum vor:*
Ein Flieger!

Begrüßt einen neuen Eroberer
Der unbekannten Gebirge und unerreichbaren
      Gegenden! Einen

Der die Post von Mensch zu Mensch
Über die unwegsamen Wüsten bringt!

*Sie beginnt auf und ab zu gehen und ihren kleinen Sohn
an der Hand zu nehmen:* Komm, Sohn, betrachte dir die
Welt! Hier, das ist ein Baum. Verbeuge dich, begrüße
ihn. *Sie macht die Verbeugung vor.* So, jetzt kennt ihr
euch. Horch, dort kommt der Wasserverkäufer. Ein
Freund, gib ihm die Hand. Sei unbesorgt. »Bitte, ein
Glas frisches Wasser für meinen Sohn. Es ist warm.« *Sie
gibt ihm das Glas.* Ach, der Polizist! Da machen wir
einen Bogen. Vielleicht holen wir uns ein paar Kirschen
dort, im Garten des reichen Herrn Feh Pung. Da heißt
es, nicht gesehen werden. Komm, Vaterloser! Auch du
willst Kirschen! Sachte, sachte, Sohn! *Sie gehen vorsichtig, sich umblickend:* Nein, hier herum, da verbirgt uns
das Gesträuch. Nein, so grad los drauf zu, das kannst
du nicht machen, in diesem Fall. *Er scheint sie wegzuziehen, sie widerstrebt.* Wir müssen vernünftig sein.
Plötzlich gibt sie nach. Schön, wenn du nur gradezu
drauf losgehen willst ... *Sie hebt ihn hoch.* Kannst du
die Kirschen erreichen? Schieb in den Mund, dort sind
sie gut aufgehoben. *Sie verspeist selber eine, die er ihr
in den Mund steckt.* Schmeckt fein. Zum Teufel, der
Polizist. Jetzt heißt es laufen. *Sie fliehen.* Da ist die
Straße. Ruhig jetzt, langsam gegangen, damit wir nicht
auffallen. Als ob nicht das Geringste geschehen wäre ...
Sie singt, mit dem Kind spazierend:

Eine Pflaume ohne Grund
Überfiel 'nen Vagabund.
Doch der Mann war äußerst quick
Biß die Pflaume ins Genick.

Herangekommen ist Wang, der Wasserverkäufer, ein Kind an der Hand führend. Er sieht Shen Te erstaunt zu.

Shen Te auf ein Husten Wangs: Ach, Wang! Guten Tag.

WANG Shen Te, ich habe gehört, daß es dir nicht gut geht, daß du sogar deinen Laden verkaufen mußt, um Schulden zu bezahlen. Aber da ist dieses Kind, das kein Obdach hat. Es lief auf dem Schlachthof herum. Anscheinend gehört es dem Schreiner Lin To, der vor einigen Wochen seine Werkstatt verloren hat und seitdem trinkt. Seine Kinder treiben sich hungernd herum. Was soll man mit ihnen machen?

SHEN TE *nimmt ihm das Kind ab:* Komm, kleiner Mann! *Zum Publikum:*

He, ihr! Da bittet einer um Obdach.
Einer von morgen bittet euch um ein Heute!
Sein Freund, der Eroberer, den ihr kennt
Ist der Fürsprecher.

Zu Wang: Er kann gut in den Baracken des Herrn Shu Fu wohnen, wohin vielleicht auch ich gehe. Ich soll selber ein Kind bekommen. Aber sag es nicht weiter, sonst erfährt es Yang Sun, und er kann uns nicht brauchen. Such Herrn Lin To in der unteren Stadt und sag ihm, er soll hierherkommen.

WANG Vielen Dank, Shen Te. Ich wußte, du wirst etwas finden. *Zum Kind:* Siehst du, ein guter Mensch weiß immer einen Ausweg. Schnell laufe ich und hole deinen Vater. *Er will gehen.*

SHEN TE Oh, Wang, jetzt fällt mir wieder ein: was ist mit deiner Hand? Ich wollte doch den Eid für dich leisten, aber mein Vetter . . .

WANG Kümmere dich nicht um die Hand. Schau, ich habe

schon gelernt, ohne meine rechte Hand auszukommen. Ich brauche sie fast nicht mehr. *Er zeigt ihr, wie er auch ohne die rechte Hand sein Gerät handhaben kann.* Schau, wie ich es mache.

SHEN TE Aber sie darf nicht steif werden! Nimm den Wagen da, verkauf alles und geh mit dem Geld zum Arzt. Ich schäme mich, daß ich bei dir so versagt habe. Und was mußt du denken, daß ich vom Barbier die Baracken angenommen habe!

WANG Dort können die Obdachlosen jetzt wohnen, du selber, das ist doch wichtiger als meine Hand. Ich gehe jetzt den Schreiner holen. *Ab*

SHEN TE *ruft ihm nach:* Versprich mir, daß du mit mir zum Arzt gehen wirst!

Die Shin ist zurückgekommen und hat ihr immerfort gewinkt.

Was ist es?

DIE SHIN Sind Sie verrückt, auch noch den Wagen mit dem Letzten, was Sie haben, wegzuschenken? Was geht Sie seine Hand an? Wenn es der Barbier erfährt, jagt er Sie noch aus dem einzigen Obdach, das Sie kriegen können. Mir haben Sie die Wäsche noch nicht bezahlt!

SHEN TE Warum sind Sie so böse?
Zum Publikum:

Den Mitmenschen zu treten
Ist es nicht anstrengend? Die Stirnader
Schwillt ihnen an, vor Mühe, gierig zu sein.
Natürlich ausgestreckt
Gibt eine Hand und empfängt mit gleicher
       Leichtigkeit. Nur
Gierig zupackend muß sie sich anstrengen. Ach
Welche Verführung, zu schenken! Wie angenehm
Ist es doch, freundlich zu sein! Ein gutes Wort

Entschlüpft wie ein wohliger Seufzer.

Die Shin geht zornig weg.

Shen Te zum Kind: Setz dich hierher und wart, bis dein Vater kommt. *Das Kind setzt sich auf den Boden.*

Auf den Hof kommt das ältliche Paar, das Shen Te am Tag der Eröffnung ihres Ladens besuchte. Mann und Frau schleppen große Ballen.

DIE FRAU Bist du allein, Shen Te?

Da Shen Te nickt, ruft sie ihren Neffen herein, der ebenfalls einen Ballen trägt.

Wo ist dein Vetter?

SHEN TE Er ist weggefahren.

DIE FRAU Und kommt er wieder?

SHEN TE Nein. Ich gebe den Laden auf.

DIE FRAU Das wissen wir. Deshalb sind wir gekommen. Wir haben hier ein paar Ballen mit Rohtabak, den uns jemand geschuldet hat, und möchten dich bitten, sie mit deinen Habseligkeiten zusammen in dein neues Heim zu transportieren. Wir haben noch keinen Ort, wohin wir sie bringen könnten, und fallen auf der Straße zu sehr auf mit ihnen. Ich sehe nicht, wie du uns diese kleine Gefälligkeit abschlagen könntest, nachdem wir in deinem Laden so ins Unglück gebracht worden sind.

SHEN TE Ich will euch die Gefälligkeit gern tun.

DER MANN Und wenn du von irgend jemand gefragt werden solltest, wem die Ballen gehören, dann kannst du sagen, sie gehörten dir.

SHEN TE Wer sollte mich denn fragen?

DIE FRAU *sie scharf anblickend:* Die Polizei zum Beispiel. Sie ist voreingenommen gegen uns und will uns ruinieren. Wohin sollen wir die Ballen stellen?

SHEN TE Ich weiß nicht, gerade jetzt möchte ich nicht etwas tun, was mich ins Gefängnis bringen könnte.

DIE FRAU Das sieht dir allerdings gleich. Wir sollen auch

noch die paar elenden Ballen mit Tabak verlieren, die alles sind, was wir von unserem Hab und Gut gerettet haben!

Shen Te schweigt störrisch.

DER MANN Bedenk, daß dieser Tabak für uns den Grundstock zu einer kleinen Fabrikation abgeben könnte. Da könnten wir hochkommen.

SHEN TE Gut, ich will die Ballen für euch aufheben. Wir stellen sie vorläufig in das Gelaß.

Sie geht mit ihnen hinein. Das Kind hat ihr nachgesehen. Jetzt geht es, sich scheu umschauend, zum Mülleimer und fischt darin herum. Es fängt an, daraus zu essen. Shen Te und die drei kommen zurück.

DIE FRAU Du verstehst wohl, daß wir uns vollständig auf dich verlassen.

SHEN TE Ja. *Sie erblickt das Kind und erstarrt.*

DER MANN Wir suchen dich übermorgen in den Häusern des Herrn Shu Fu auf.

SHEN TE Geht jetzt schnell, mir ist nicht gut.

Sie schiebt sie weg. Die drei ab.

Es hat Hunger. Es fischt im Kehrichteimer.

Sie hebt das Kind auf, und in einer Rede drückt sie ihr Entsetzen aus über das Los armer Kinder, dem Publikum das graue Mäulchen zeigend. Sie beteuert ihre Entschlossenheit, ihr eigenes Kind keinesfalls mit solcher Unbarmherzigkeit zu behandeln.

O Sohn, o Flieger! In welche Welt
Wirst du kommen? Im Abfalleimer
Wollen sie dich fischen lassen, auch dich? Seht doch
Dies graue Mäulchen! *Sie zeigt das Kind.* Wie
Behandelt ihr euresgleichen! Habt ihr
Keine Barmherzigkeit mit der Frucht
Eures Leibes? Kein Mitleid

Mit euch selber, ihr Unglücklichen! So werde ich
Wenigstens das meine verteidigen und müßte ich
Zum Tiger werden. Ja, von Stund an
Da ich das gesehen habe, will ich mich scheiden
Von allen und nicht ruhen
Bis ich meinen Sohn gerettet habe, wenigstens ihn!
Was ich gelernt in der Gosse, meiner Schule
Durch Faustschlag und Betrug, jetzt
Soll es dir dienen, Sohn, zu dir
Will ich gut sein und Tiger und wildes Tier
Zu allen andern, wenn's sein muß. Und
Es muß sein.

Sie geht ab, sich in den Vetter zu verwandeln.
Shen Te im Abgehen: Einmal ist es noch nötig, das letzte
Mal, hoffe ich.
Sie hat die Hose des Shui Ta mitgenommen. Die zurück-
kehrende Shin sieht ihr neugierig nach. Herein die
Schwägerin und der Großvater.

DIE SCHWÄGERIN Der Laden geschlossen, der Hausrat im
Hof! Das ist das Ende!

DIE SHIN Die Folgen des Leichtsinns, der Sinnlichkeit und
der Eigenliebe! Und wohin geht die Fahrt? Hinab! In
die Baracken des Herrn Shu Fu, zu euch!

DIE SCHWÄGERIN Da wird sie sich aber wundern! Wir sind
gekommen, um uns zu beschweren! Feuchte Rattenlöcher
mit verfaulten Böden! Der Barbier hat sie nur gegeben,
weil ihm seine Seifenvorräte darin verschimmelt sind.
»Ich habe ein Obdach für euch, was sagt ihr dazu?«
Schande! sagen wir dazu.

Herein der Arbeitslose.

DER ARBEITSLOSE Ist es wahr, daß Shen Te wegzieht?

DIE SCHWÄGERIN Ja. Sie wollte sich wegschleichen, man
sollte es nicht erfahren.

DIE SHIN Sie schämt sich, da sie ruiniert ist.

DER ARBEITSLOSE *aufgeregt:* Sie muß ihren Vetter rufen! Ratet ihr alle, daß sie den Vetter ruft! Er allein kann noch etwas machen.

DIE SCHWÄGERIN Das ist wahr! Er ist geizig genug, aber jedenfalls rettet er ihr den Laden, und sie gibt ja dann.

DER ARBEITSLOSE Ich dachte nicht an uns, ich dachte an sie. Aber es ist richtig, auch unseretwegen müßte man ihn rufen.

Herein Wang mit dem Schreiner. Er führt zwei Kinder an der Hand.

DER SCHREINER Ich kann Ihnen wirklich nicht genug danken. *Zu den andern:* Wir sollen eine Wohnung kriegen.

DIE SHIN Wo?

DER SCHREINER In den Häusern des Herrn Shu Fu! Und der kleine Feng war es, der die Wendung herbeigeführt hat. Hier bist du ja! »Da ist einer, der bittet um Obdach«, soll Fräulein Shen Te gesagt haben, und sogleich verschaffte sie uns die Wohnung. Bedankt euch bei eurem Bruder, ihr!

Der Schreiner und seine Kinder verbeugen sich lustig vor dem Kind.

Unsern Dank, Obdachbitter!

Herausgetreten ist Shui Ta.

SHUI TA Darf ich fragen, was Sie alle hier wollen?

DER ARBEITSLOSE Herr Shui Ta!

WANG Guten Tag, Herr Shui Ta. Ich wußte nicht, daß Sie zurückgekehrt sind. Sie kennen den Schreiner Lin To. Fräulein Shen Te hat ihm einen Unterschlupf in den Häusern des Herrn Shu Fu zugesagt.

SHUI TA Die Häuser des Herrn Shu Fu sind nicht frei.

DER SCHREINER So können wir dort nicht wohnen?

SHUI TA Nein. Diese Lokalitäten sind zu anderem bestimmt.

DIE SCHWÄGERIN Soll das heißen, daß auch wir heraus müssen?

SHUI TA Ich fürchte.

DIE SCHWÄGERIN Aber wo sollen wir da alle hin?

SHUI TA *die Achsel zuckend:* Wie ich Fräulein Shen Te, die verreist ist, verstehe, hat sie nicht die Absicht, die Hand von Ihnen allen abzuziehen. Jedoch soll alles etwas vernünftiger geregelt werden in Zukunft. Die Speisungen ohne Gegendienst werden aufhören. Statt dessen wird jedermann die Gelegenheit gegeben werden, sich auf ehrliche Weise wieder emporzuarbeiten. Fräulein Shen Te hat beschlossen, Ihnen allen Arbeit zu geben. Wer von Ihnen mir jetzt in die Häuser des Herrn Shu Fu folgen will, wird nicht ins Nichts geführt werden.

DIE SCHWÄGERIN Soll das heißen, daß wir jetzt alle für Shen Te arbeiten sollen?

SHUI TA Ja. Sie werden Tabak verarbeiten. Im Gelaß drinnen liegen drei Ballen mit Ware. Holt sie!

DIE SCHWÄGERIN Vergessen Sie nicht, daß wir selber Ladenbesitzer waren. Wir ziehen vor, für uns selbst zu arbeiten. Wir haben unseren eigenen Tabak.

SHUI TA *zum Arbeitslosen und zum Schreiner:* Vielleicht wollt ihr für Shen Te arbeiten, da ihr keinen eigenen Tabak habt?

Der Schreiner und der Arbeitslose gehen mißmutig hinein. Die Hausbesitzerin kommt.

DIE HAUSBESITZERIN Nun, Herr Shui Ta, wie steht es mit dem Verkauf. Hier habe ich 300 Silberdollar.

SHUI TA Frau Mi Tzü, ich habe mich entschlossen, nicht zu verkaufen, sondern den Mietskontrakt zu unterzeichnen.

DIE HAUSBESITZERIN Was? Brauchen Sie plötzlich das Geld für den Flieger nicht mehr?

SHUI TA Nein.

DIE HAUSBESITZERIN Und haben Sie denn die Miete?

SHUI TA *nimmt vom Wagen mit dem Hausrat den Scheck des Barbiers und füllt ihn aus:* Ich habe hier einen Scheck auf 10 000 Silberdollar, ausgestellt von Herrn Shu Fu, der sich für meine Kusine interessiert. Überzeugen Sie sich, Frau Mi Tzü! Ihre 200 Silberdollar für die Miete des nächsten Halbjahres werden Sie noch vor sechs Uhr abends in Händen haben. Und nun, Frau Mi Tzü, erlauben Sie mir, daß ich mit meiner Arbeit fortfahre. Ich bin heute sehr beschäftigt und muß um Entschuldigung bitten.

DIE HAUSBESITZERIN Ach, Herr Shu Fu tritt in die Fußtapfen des Fliegers! 10 000 Silberdollar! Immerhin, ich bin erstaunt über die Wankelmütigkeit und Oberflächlichkeit der jungen Mädchen von heutzutage, Herr Shui Ta. *Ab*

Der Schreiner und der Arbeitslose bringen die Ballen.

DER SCHREINER Ich weiß nicht, warum ich Ihnen Ihre Ballen schleppen muß.

SHUI TA Es genügt, daß ich es weiß. Ihr Sohn hier zeigt einen gesunden Appetit. Er will essen, Herr Lin To.

DIE SCHWÄGERIN *sieht die Ballen:* Ist mein Schwager hier gewesen?

DIE SHIN Ja.

DIE SCHWÄGERIN Eben. Ich kenne doch die Ballen. Das ist unser Tabak!

SHUI TA Besser, Sie sagen das nicht so laut. Das ist mein Tabak, was Sie daraus ersehen können, daß er in meinem Gelaß stand. Wenn Sie einen Zweifel haben, können wir aber zur Polizei gehen und Ihren Zweifel beseitigen. Wollen Sie das?

DIE SCHWÄGERIN *böse:* Nein.

SHUI TA Es scheint, daß Sie doch keinen eigenen Tabak besitzen. Vielleicht ergreifen Sie unter diesen Umständen die rettende Hand, die Fräulein Shen Te Ihnen reicht?

Haben Sie die Güte, mir jetzt den Weg zu den Häusern des Herrn Shu Fu zu zeigen.

Das jüngste Kind des Schreiners an die Hand nehmend, geht Shui Ta ab, gefolgt von dem Schreiner, seinen anderen Kindern, der Schwägerin, dem Großvater, dem Arbeitslosen. Schwägerin, Schreiner und Arbeitsloser schleppen die Ballen.

WANG Er ist kein böser Mensch, aber Shen Te ist gut.

DIE SHIN Ich weiß nicht. Von der Wäscheleine fehlt eine Hose, und der Vetter trägt sie. Das muß etwas bedeuten. Ich möchte wissen, was.

Herein die beiden Alten.

DIE ALTE Ist Fräulein Shen Te nicht hier?

DIE SHIN *abweisend:* Verreist.

DIE ALTE Das ist merkwürdig. Sie wollte uns etwas bringen.

WANG *schmerzlich seine Hand betrachtend:* Sie wollte auch mir helfen. Meine Hand wird steif. Sicher kommt sie bald zurück. Der Vetter ist ja immer nur ganz kurz da.

DIE SHIN Ja, nicht wahr?

Zwischenspiel

Wangs Nachtlager

Musik. Im Traum teilt der Wasserverkäufer den Göttern seine Befürchtungen mit. Die Götter sind immer noch auf ihrer langen Wanderung begriffen. Sie scheinen müde. Für eine kleine Weile innehaltend, wenden sie die Köpfe über die Schultern nach dem Wasserverkäufer zurück.

WANG Bevor mich euer Erscheinen erweckte, Erleuchtete, träumte ich und sah meine liebe Schwester Shen Te in großer Bedrängnis im Schilf des Flusses, an der Stelle, wo die Selbstmörder gefunden werden. Sie schwankte merkwürdig daher und hielt den Nacken gebeugt, als schleppe sie an etwas Weichem, aber Schwerem, das sie hinunterdrückte in den Schlamm. Auf meinen Anruf rief sie mir zu, sie müsse den Ballen der Vorschriften ans andere Ufer bringen, ohne daß er naß würde, da sonst die Schriftzeichen verwischten. Ausdrücklich: ich sah nichts auf ihren Schultern. Aber ich erinnerte mich erschrocken, daß ihr Götter ihr über die großen Tugenden gesprochen habt, zum Dank dafür, daß sie euch bei sich aufnahm, als ihr um ein Nachtlager verlegen wart, o Schande! Ich bin sicher, ihr versteht meine Sorge um sie.

DER DRITTE GOTT Was schlägst du vor?

WANG Eine kleine Herabminderung der Vorschriften, Erleuchtete. Eine kleine Erleichterung des Ballens der Vorschriften, Gütige, in Anbetracht der schlechten Zeiten.

DER DRITTE GOTT Als da wäre, Wang, als da wäre?

WANG Als da zum Beispiel wäre, daß nur Wohlwollen verlangt würde anstatt Liebe oder ...

DER DRITTE GOTT Aber das ist doch noch schwerer, du Unglücklicher!

WANG Oder Billigkeit anstatt Gerechtigkeit.

DER DRITTE GOTT Aber das bedeutet mehr Arbeit!

WANG Dann bloße Schicklichkeit anstatt Ehre!

DER DRITTE GOTT Aber das ist doch mehr, du Zweifelnder!

Sie wandern müde weiter.

8

Shui Ta's Tabakfabrik

*In den Baracken des Herrn Shu Fu hat Shui Ta eine
kleine Tabakfabrik eingerichtet. Hinter Gittern hocken,
entsetzlich zusammengepfercht, einige Familien, besonders Frauen und Kinder, darunter die Schwägerin, der
Großvater, der Schreiner und seine Kinder.*
*Davor tritt Frau Yang auf, gefolgt von ihrem Sohn
Sun.*

FRAU YANG *zum Publikum:* Ich muß Ihnen berichten, wie
mein Sohn Sun durch die Weisheit und Strenge des allgemein geachteten Herrn Shui Ta aus einem verkommenen Menschen in einen nützlichen verwandelt wurde.
Wie das ganze Viertel erfuhr, eröffnete Herr Shui Ta in
der Nähe des Viehhofs eine kleine, aber schnell aufblü-
hende Tabakfabrik. Vor drei Monaten sah ich mich ver-
anlaßt, ihn mit meinem Sohn dort aufzusuchen. Er
empfing mich nach kurzer Wartezeit.
Aus der Fabrik tritt Shui Ta auf Frau Yang zu.

SHUI TA Womit kann ich Ihnen dienen, Frau Yang?

FRAU YANG Herr Shui Ta, ich möchte ein Wort für meinen
Sohn bei Ihnen einlegen. Die Polizei war heute morgen
bei uns, und man hat uns gesagt, daß Sie im Namen von
Fräulein Shen Te Anklage wegen Bruch des Heiratsver-
sprechens und Erschleichung von 200 Silberdollar erhoben haben.

SHUI TA Ganz richtig, Frau Yang.

FRAU YANG Herr Shui Ta, um der Götter willen, können
Sie nicht noch einmal Gnade vor Recht ergehen lassen?
Das Geld ist weg. In zwei Tagen hat er es durchgebracht,
als der Plan mit der Fliegerstelle scheiterte. Ich weiß, er

ist ein Lump. Er hat auch meine Möbel schon verkauft gehabt und wollte ohne seine alte Mama nach Peking. *Sie weint.* Fräulein Shen Te hielt einmal große Stücke auf ihn.

SHUI TA Was haben Sie mir zu sagen, Herr Yang Sun?

SUN *finster:* Ich habe das Geld nicht mehr.

SHUI TA Frau Yang, der Schwäche wegen, die meine Kusine aus irgendwelchen, mir unbegreiflichen Gründen für Ihren verkommenen Sohn hatte, bin ich bereit, es noch einmal mit ihm zu versuchen. Sie hat mir gesagt, daß sie sich von ehrlicher Arbeit eine Besserung erwartet. Er kann eine Stelle in meiner Fabrik haben. Nach und nach werden ihm die 200 Silberdollar vom Lohn abgezogen werden.

SUN Also Kittchen oder Fabrik?

SHUI TA Sie haben die Wahl.

SUN Und mit Shen Te kann ich wohl nicht mehr sprechen?

SHUI TA Nein.

SUN Wo ist mein Arbeitsplatz?

FRAU YANG Tausend Dank, Herr Shui Ta! Sie sind unendlich gütig, die Götter werden es Ihnen vergelten. *Zu Sun:* Du bist vom rechten Wege abgewichen. Versuch nun, durch ehrliche Arbeit wieder so weit zu kommen, daß du deiner Mutter in die Augen schauen kannst.

Sun folgt Shui Ta in die Fabrik. Frau Yang kehrt an die Rampe zurück.

Frau Yang zum Publikum: Die ersten Wochen waren hart für Sun. Die Arbeit sagte ihm nicht zu. Er hatte wenig Gelegenheit, sich auszuzeichnen. Erst in der dritten Woche kam ihm ein kleiner Vorfall zu Hilfe. Er und der frühere Schreiner Lin To mußten Tabakballen schleppen.

*Sun und der frühere Schreiner Lin To schleppen je zwei
Tabakballen.*

DER FRÜHERE SCHREINER *hält ächzend inne und läßt sich
auf einen Ballen nieder:* Ich kann kaum mehr. Ich bin
nicht mehr jung genug für diese Arbeit.

SUN *setzt sich ebenfalls:* Warum schmeißt du ihnen die
Ballen nicht einfach hin?

DER FRÜHERE SCHREINER Und wovon sollen wir leben? Ich
muß doch sogar, um das Notwendigste zu haben, die
Kinder einspannen. Wenn das Fräulein Shen Te sähe!
Sie war gut.

SUN Sie war nicht die Schlechteste. Wenn die Verhältnisse
nicht so elend gewesen wären, hätten wir es ganz gut
miteinander getroffen. Ich möchte wissen, wo sie ist.
Besser, wir machen weiter. Um diese Zeit pflegt er zu
kommen. *Sie stehen auf.*
Sun sieht Shui Ta kommen: Gib den einen Ballen her,
du Krüppel! *Sun nimmt auch noch den einen Ballen Lin
To's auf.*

DER FRÜHERE SCHREINER Vielen Dank! Ja, wenn sie da
wäre, würdest du gleich einen Stein im Brett haben,
wenn sie sähe, daß du einem alten Mann so zur Hand
gehst. Ach ja!
Herein Shui Ta.

FRAU YANG *zum Publikum:* Und mit einem Blick sieht
natürlich Herr Shui Ta, was ein guter Arbeiter ist, der
keine Arbeit scheut. Und er greift ein.

SHUI TA Halt, ihr! Was ist da los? Warum trägst du nur
einen einzigen Ballen?

DER FRÜHERE SCHREINER Ich bin ein wenig müde heute,
Herr Shui Ta, und Yang Sun war so freundlich . . .

SHUI TA Du kehrst um und nimmst drei Ballen, Freund.
Was Yang Sun kann, kannst du auch. Yang Sun hat
guten Willen und du hast keinen.

FRAU YANG *während der frühere Schreiner zwei weitere Ballen holt, zum Publikum:* Kein Wort natürlich zu Sun, aber Herr Shui Ta war im Bilde. Und am nächsten Samstag bei der Lohnauszahlung ...

Ein Tisch wird aufgestellt, und Shui Ta kommt mit einem Säckchen Geld. Neben dem Aufseher – dem früheren Arbeitslosen – stehend, zahlt er den Lohn aus. Sun tritt vor den Tisch.

DER AUFSEHER Yang Sun – 6 Silberdollar.

SUN Entschuldigen Sie, es können nur 5 sein. Nur 5 Silberdollar. *Er nimmt die Liste, die der Aufseher hält.* Sehen Sie bitte, hier stehen fälschlicherweise sechs Arbeitstage, ich war aber einen Tag abwesend, eines Gerichtstermins wegen. *Heuchlerisch:* Ich will nichts bekommen, was ich nicht verdiene, und wenn der Lohn noch so lumpig ist!

DER AUFSEHER Also 5 Silberdollar! *Zu Shui Ta:* Ein seltener Fall, Herr Shui Ta!

SHUI TA Wie können hier sechs Tage stehen, wenn es nur fünf waren?

DER AUFSEHER Ich muß mich tatsächlich geirrt haben, Herr Shui Ta. *Zu Sun, kalt:* Es wird nicht mehr vorkommen.

SHUI TA *winkt Sun zur Seite:* Ich habe neulich beobachtet, daß Sie ein kräftiger Mensch sind und Ihre Kraft auch der Firma nicht vorenthalten. Heute sehe ich, daß Sie sogar ein ehrlicher Mensch sind. Passiert das öfter, daß der Aufseher sich zuungunsten der Firma irrt?

SUN Er hat Bekannte unter den Arbeitern und wird als einer der ihren angesehen.

SHUI TA Ich verstehe. Ein Dienst ist des andern wert. Wollen Sie eine Gratifikation?

SUN Nein. Aber vielleicht darf ich darauf hinweisen, daß ich auch ein intelligenter Mensch bin. Ich habe eine gewisse Bildung genossen, wissen Sie. Der Aufseher meint es sehr gut mit der Belegschaft, aber er kann, ungebildet wie er ist, nicht verstehen, was die Firma benötigt. Geben Sie mir eine Probezeit von einer Woche, Herr Shui Ta, und ich glaube, Ihnen beweisen zu können, daß meine Intelligenz für die Firma mehr wert ist als meine pure Muskelkraft.

FRAU YANG *zum Publikum:* Das waren kühne Worte, aber an diesem Abend sagte ich zu meinem Sun: »Du bist ein Flieger. Zeig, daß du auch, wo du jetzt bist, in die Höhe kommen kannst! Flieg, mein Falke!« Und tatsächlich, was bringen doch Bildung und Intelligenz für große Dinge hervor! Wie will einer ohne sie zu den besseren Leuten gehören? Wahre Wunderwerke verrichtete mein Sohn in der Fabrik des Herrn Shui Ta!

Sun steht breitbeinig hinter den Arbeitenden. Sie reichen sich über die Köpfe einen Korb Rohtabak zu.

SUN Das ist keine ehrliche Arbeit, ihr! Dieser Korb muß fixer wandern! *Zu einem Kind:* Du kannst dich doch auf den Boden setzen, da nimmst du keinen Platz weg! Und du kannst noch ganz gut auch das Pressen übernehmen, ja, du dort! Ihr faulen Hunde, wofür bezahlen wir euch Lohn? Fixer mit dem Korb! Zum Teufel! Setzt den Großpapa auf die Seite und laßt ihn mit den Kindern nur zupfen! Jetzt hat es sich ausgefaulenzt hier! Im Takt das Ganze! *Er klatscht mit den Händen den Takt, und der Korb wandert schneller.*

FRAU YANG *zum Publikum:* Und keine Anfeindung, keine Schmähung von seiten ungebildeter Menschen, denn das blieb nicht aus, hielten meinen Sohn von der Erfüllung seiner Pflicht zurück.

Einer der Arbeiter stimmt das Lied vom achten Elefanten an. Die andern fallen in den Refrain ein.

1

Sieben Elefanten hatte Herr Dschin
Und da war dann noch der achte.
Sieben waren wild und der achte war zahm
Und der achte war's, der sie bewachte.
   Trabt schneller!
   Herr Dschin hat einen Wald
   Der muß vor Nacht gerodet sein
   Und Nacht ist jetzt schon bald!

2

Sieben Elefanten roden den Wald
Und Herr Dschin ritt hoch auf dem achten.
All den Tag Nummer acht stand faul auf der Wacht
Und sah zu, was sie hinter sich brachten.
   Grabt schneller!
   Herr Dschin hat einen Wald
   Der muß vor Nacht gerodet sein
   Und Nacht ist jetzt schon bald!

3

Sieben Elefanten wollten nicht mehr
Hatten satt das Bäumeabschlachten.
Herr Dschin war nervös, auf die sieben war er bös
Und gab ein Schaff Reis dem achten.
   Was soll das?
   Herr Dschin hat einen Wald
   Der muß vor Nacht gerodet sein
   Und Nacht ist jetzt schon bald!

Sieben Elefanten hatten keinen Zahn
Seinen Zahn hatte nur noch der achte.
Und Nummer acht war vorhanden, schlug die
        sieben zuschanden
Und Herr Dschin stand dahinten und lachte.
    Grabt weiter!
    Herr Dschin hat einen Wald
    Der muß vor Nacht gerodet sein
    Und Nacht ist jetzt schon bald!

Shui Ta ist gemächlich schlendernd und eine Zigarre rauchend nach vorn gekommen. Yang Sun hat den Refrain der dritten Strophe lachend mitgesungen und in der letzten Strophe durch Händeklatschen das Tempo beschleunigt.

FRAU YANG *zum Publikum:* Wir können Herrn Shui Ta wirklich nicht genug danken. Beinahe ohne jedes Zutun, aber mit Strenge und Weisheit hat er alles Gute herausgeholt, was in Sun steckte. Er hat ihm nicht allerhand phantastische Versprechungen gemacht wie seine so sehr gepriesene Kusine, sondern ihn zu ehrlicher Arbeit gezwungen. Heute ist Sun ein ganz anderer Mensch als vor drei Monaten. Das werden Sie wohl zugeben! »Das Edle ist wie eine Glocke, schlägt man sie, so tönt sie, schlägt man sie nicht, so tönt sie nicht«, wie die Alten sagten.

9

Shen Te's Tabakladen

Der Laden ist zu einem Kontor mit Klubsesseln und schönen Teppichen geworden. Es regnet. Shui Ta, nunmehr dick, verabschiedet das Teppichhändlerpaar. Die Shin schaut amüsiert zu. Sie ist auffallend neu gekleidet.

SHUI TA Es tut mir leid, daß ich nicht sagen kann, wann sie zurückkehrt.

DIE ALTE Wir haben heute einen Brief mit den 200 Silberdollar bekommen, die wir ihr einmal geliehen haben. Es war kein Absender genannt. Aber der Brief muß doch wohl von Shen Te kommen. Wir möchten ihr gern schreiben, wie ist ihre Adresse?

SHUI TA Auch das weiß ich leider nicht.

DER ALTE Gehen wir.

DIE ALTE Irgendwann muß sie ja wohl zurückkehren.
Shui Ta verbeugt sich. Die Alten gehen unsicher und unruhig ab.

DIE SHIN Sie haben ihr Geld zu spät zurückgekriegt. Jetzt haben sie ihren Laden verloren, weil sie ihre Steuern nicht bezahlen konnten.

SHUI TA Warum sind sie nicht zu mir gekommen?

DIE SHIN Zu Ihnen kommt man nicht gern. Zuerst warteten sie wohl, daß Shen Te zurückkäme, da sie nichts Schriftliches hatten. In den kritischen Tagen fiel der Alte in ein Fieber, und die Frau saß Tag und Nacht bei ihm.

SHUI TA *muß sich setzen, da es ihm schlecht wird:* Mir schwindelt wieder!

DIE SHIN *bemüht sich um ihn:* Sie sind im siebenten Monat! Die Aufregungen sind nichts für Sie. Seien Sie froh, daß Sie mich haben. Ohne jede menschliche Hilfe kann niemand auskommen. Nun, ich werde in Ihrer schweren Stunde an Ihrer Seite stehen. *Sie lacht.*

SHUI TA *schwach:* Kann ich darauf zählen, Frau Shin?

DIE SHIN Und ob! Es kostet freilich eine Kleinigkeit. Machen Sie den Kragen auf, da wird Ihnen leichter.

SHUI TA *jämmerlich:* Es ist alles nur für das Kind, Frau Shin.

DIE SHIN Alles für das Kind.

SHUI TA Ich werde nur zu schnell dick. Das muß auffallen.

DIE SHIN Man schiebt es auf den Wohlstand.

SHUI TA Und was soll mit dem Kleinen werden?

DIE SHIN Das fragen Sie jeden Tag dreimal. Es wird in Pflege kommen. In die beste, die für Geld zu haben ist.

SHUI TA Ja. *Angstvoll:* Und es darf niemals Shui Ta sehen.

DIE SHIN Niemals. Immer nur Shen Te.

SHUI TA Aber die Gerüchte im Viertel! Der Wasserverkäufer mit seinen Redereien! Man belauert den Laden!

DIE SHIN Solange der Barbier nichts weiß, ist nichts verloren. Trinken Sie einen Schluck Wasser.

Herein Sun in dem flotten Anzug und mit der Mappe eines Geschäftsmannes. Er sieht erstaunt Shui Ta in den Armen der Shin.

SUN Ich störe wohl?

SHUI TA *steht mühsam auf und geht schwankend zur Tür:* Auf morgen, Frau Shin!

Die Shin, ihre Handschuhe anziehend, lächelnd ab.

SUN Handschuhe! Woher, wieso, wofür? Schröpft die Sie etwa? *Da Shui Ta nicht antwortet:* Sollten auch Sie zarteren Gefühlen zugänglich sein? Komisch. *Er nimmt ein Blatt aus seiner Mappe.* Jedenfalls sind Sie nicht auf der Höhe in der letzten Zeit, nicht auf Ihrer alten Höhe. Launen, Unentschlossenheit. Sind Sie krank? Das Geschäft leidet darunter. Da ist wieder ein Schrieb von der Polizei. Sie wollen die Fabrik schließen. Sie sagen, sie können allerhöchstens doppelt so viele Menschen pro Raum zulassen, als gesetzlich erlaubt ist. Sie müssen da endlich etwas tun, Herr Shui Ta!

Shui Ta sieht ihn einen Augenblick geistesabwesend an. Dann geht er ins Gelaß und kehrt mit einer Tüte zurück. Aus ihr zieht er einen neuen Melonenhut und wirft ihn auf den Schreibtisch.

SHUI TA Die Firma wünscht ihre Vertreter anständig gekleidet.

SUN Haben Sie den etwa für mich gekauft?

SHUI TA *gleichgültig:* Probieren Sie ihn, ob er Ihnen paßt. *Sun blickt erstaunt und setzt ihn auf. Shui Ta rückt die Melone prüfend zurecht.*

SUN Ihr Diener, aber weichen Sie mir nicht wieder aus. Sie müssen heute mit dem Barbier das neue Projekt besprechen.

SHUI TA Der Barbier stellt unerfüllbare Bedingungen.

SUN Wenn Sie mir nur endlich sagen wollten, was für Bedingungen.

SHUI TA *ausweichend:* Die Baracken sind gut genug.

SUN Ja, gut genug für das Gesindel, das darin arbeitet, aber nicht gut genug für den Tabak. Er wird feucht. Ich werde noch vor der Sitzung mit der Mi Tzü über ihre Lokalitäten reden. Wenn wir die haben, können wir unsere Bittfürmichs, Wracks und Stümpfe an die Luft setzen. Sie sind nicht gut genug. Ich tätschele der Mi Tzü bei einer Tasse Tee die dicken Knie, und die Lokalitäten kosten uns die Hälfte.

SHUI TA *scharf:* Das wird nicht geschehen. Ich wünsche, daß Sie sich im Interesse des Ansehens der Firma stets persönlich zurückhaltend und kühl geschäftsmäßig benehmen.

SUN Warum sind Sie so gereizt? Sind es die unangenehmen Gerüchte im Viertel?

SHUI TA Ich kümmere mich nicht um Gerüchte.

SUN Dann muß es wieder der Regen sein. Regen macht Sie immer so reizbar und melancholisch. Ich möchte wissen, warum.

WANGS STIMME *von draußen:*

Ich hab Wasser zu verkaufen
Und nun steh ich hier im Regen
Und ich bin weither gelaufen
Meines bißchen Wassers wegen.
Und jetzt schrei ich mein: Kauft Wasser!
Und niemand kauft es
Verschmachtend und gierig
Und zahlt es und sauft es.

SUN Da ist dieser verdammte Wasserverkäufer. Gleich wird er wieder mit seinem Gehetze anfangen.

WANGS STIMME *von draußen:* Gibt es denn keinen guten Menschen mehr in dieser Stadt? Nicht einmal hier am Platz, wo die gute Shen Te lebte? Wo ist sie, die mir auch bei Regen ein Becherchen abkaufte, vor vielen Monaten, in der Freude ihres Herzens? Wo ist sie jetzt? Hat sie keiner gesehen? Hat keiner von ihr gehört? In dieses Haus ist sie eines Abends gegangen und kam nie mehr heraus!

SUN Soll ich ihm nicht endlich das Maul stopfen? Was geht es ihn an, wo sie ist! Ich glaube übrigens, Sie sagen es nur deshalb nicht, damit ich es nicht erfahre.

WANG *herein:* Herr Shui Ta, ich frage Sie wieder, wann Shen Te zurückkehren wird. Sechs Monate sind jetzt vergangen, seit sie sich auf Reisen begeben hat. *Da Shui Ta schweigt:* Vieles ist inzwischen hier geschehen, was in ihrer Anwesenheit nie geschehen wäre. *Da Shui Ta immer noch schweigt:* Herr Shui Ta, im Viertel sind

Gerüchte verbreitet, daß Shen Te etwas zugestoßen sein muß. Wir, ihre Freunde, sind sehr beunruhigt. Haben Sie doch die Freundlichkeit, uns jetzt Bescheid über ihre Adresse zu geben.

SHUI TA Leider habe ich im Augenblick keine Zeit, Herr Wang. Kommen Sie in der nächsten Woche wieder.

WANG *aufgeregt:* Es ist auch aufgefallen, daß der Reis, den die Bedürftigen hier immer erhielten, seit einiger Zeit morgens wieder vor der Tür steht.

SHUI TA Was schließt man daraus?

WANG Daß Shen Te überhaupt nicht verreist ist.

SHUI TA Sondern? *Da Wang schweigt:* Dann werde ich Ihnen meine Antwort erteilen. Sie ist endgültig. Wenn Sie Shen Te's Freund sind, Herr Wang, dann fragen Sie möglichst wenig nach ihrem Verbleiben. Das ist mein Rat.

WANG Ein schöner Rat! Herr Shui Ta, Shen Te teilte mir vor ihrem Verschwinden mit, daß sie schwanger sei!

SUN Was?

SHUI TA *schnell:* Lüge!

WANG *mit großem Ernst zu Shui Ta:* Herr Shui Ta, Sie müssen nicht glauben, daß Shen Te's Freunde je aufhören werden, nach ihr zu fragen. Ein guter Mensch wird nicht leicht vergessen. Es gibt nicht viele. *Ab*
Shui Ta sieht ihm erstarrt nach. Dann geht er schnell in das Gelaß.

SUN *zum Publikum, wie verwandelt:* Shen Te schwanger! Ich bin außer mir! Ich bin hereingelegt worden! Sie muß es sofort ihrem Vetter gesagt haben, und dieser Schuft hat sie selbstverständlich gleich weggeschafft. »Pack deinen Koffer und verschwind, bevor der Vater des Kindes davon Wind bekommt!« Es ist ganz und gar unnatürlich. Unmenschlich ist es. Ich habe einen Sohn. Ein Yang erscheint auf der Bildfläche! Und was geschieht? Das

Mädchen verschwindet, und mich läßt man hier schuften! *Er gerät in Wut.* Mit einem Hut speist man mich ab! *Er zertrampelt ihn mit den Füßen.* Verbrecher! Räuber! Kindesentführer! Und das Mädchen ist praktisch ohne Beschützer! *Man hört aus dem Gelaß ein Schluchzen. Er steht still.* War das nicht ein Schluchzen? Wer ist das? Es hat aufgehört. Was ist das für ein Schluchzen im Gelaß? Dieser ausgekochte Hund Shui Ta schluchzt doch nicht! Wer schluchzt also? Und was bedeutet es, daß der Reis immer noch morgens vor der Tür stehen soll? Ist das Mädchen doch da? Versteckt er sie nur? Wer sonst soll da drin schluchzen? Das wäre ja ein gefundenes Fressen! Ich muß sie unbedingt auftreiben, wenn sie schwanger ist!

Shui Ta kehrt aus dem Gelaß zurück. Er geht an die Tür und blickt hinaus in den Regen.

Also wo ist sie?

SHUI TA *hebt die Hand und lauscht:* Einen Augenblick! Es ist neun Uhr. Aber man hört nichts heute. Der Regen ist zu stark.

SUN *ironisch:* Was wollen Sie denn hören?

SHUI TA Das Postflugzeug.

SUN Machen Sie keine Witze.

SHUI TA Ich habe mir einmal sagen lassen, Sie wollten fliegen? Haben Sie dieses Interesse verloren?

SUN Ich beklage mich nicht über meine jetzige Stellung, wenn Sie das meinen. Ich habe keine Vorliebe für Nachtdienst, wissen Sie. Postfliegen ist Nachtdienst. Die Firma ist mir sozusagen ans Herz gewachsen. Es ist immerhin die Firma meiner einstigen Zukünftigen, wenn sie auch verreist ist. Sie ist doch verreist?

SHUI TA Warum fragen Sie das?

SUN Vielleicht, weil mich ihre Angelegenheiten immer noch nicht ganz kalt lassen.

SHUI TA Das könnte meine Kusine interessieren.

SUN Ihre Angelegenheiten beschäftigen mich jedenfalls genug, daß ich nicht meine Augen zudrückte, wenn sie zum
Beispiel ihrer Bewegungsfreiheit beraubt würde.

SHUI TA Durch wen?

SUN Durch Sie!

Pause

SHUI TA Was würden Sie in einem solchen Falle tun?

SUN Ich würde vielleicht zunächst meine Stellung in der
Firma neu diskutieren.

SHUI TA Ach so. Und wenn die Firma, das heißt ich Ihnen
eine entsprechende Stellung einräumte, könnte sie damit rechnen, daß Sie jede weitere Nachforschung nach
Ihrer früheren Zukünftigen aufgäben?

SUN Vielleicht.

SHUI TA Und wie denken Sie sich Ihre neue Stellung in
der Firma?

SUN Dominierend. Ich denke zum Beispiel an Ihren Hin-
auswurf.

SHUI TA Und wenn die Firma statt mich Sie hinauswürfe?

SUN Dann würde ich wahrscheinlich zurückkehren, aber
nicht allein.

SHUI TA Sondern?

SUN Mit der Polizei.

SHUI TA Mit der Polizei. Angenommen, die Polizei fände
niemand hier?

SUN So würde sie vermutlich in diesem Gelaß nachschauen!
Herr Shui Ta, meine Sehnsucht nach der Dame meines
Herzens wird unstillbar. Ich fühle, daß ich etwas tun
muß, sie wieder in meine Arme schließen zu können.
Ruhig: Sie ist schwanger und braucht einen Menschen
um sich. Ich muß mich mit dem Wasserverkäufer darüber
besprechen. *Er geht.*

Shui Ta sieht ihm unbeweglich nach. Dann geht er schnell

in das Gelaß zurück. Er bringt allerlei Gebrauchsgegen-
stände Shen Te's, Wäsche, Kleider, Toiletteartikel. Lange
betrachtet er den Shawl, den Shen Te von dem Teppich-
händlerpaar kaufte. Dann packt er alles zu einem Bün-
del zusammen und versteckt es unter dem Tisch, da er
Geräusche hört. Herein die Hausbesitzerin und Herr
Shu Fu. Sie begrüßen Shui Ta und entledigen sich ihrer
Schirme und Galoschen.

DIE HAUSBESITZERIN Es wird Herbst, Herr Shui Ta.

HERR SHU FU Eine melancholische Jahreszeit!

DIE HAUSBESITZERIN Und wo ist Ihr charmanter Prokurist?
Ein schrecklicher Damenkiller! Aber Sie kennen ihn wohl
nicht von dieser Seite. Immerhin, er versteht es, diesen
seinen Charme auch mit seinen geschäftlichen Pflichten
zu vereinen, so daß Sie nur den Vorteil davon haben
dürften.

SHUI TA *verbeugt sich:* Nehmen Sie bitte Platz!
Man setzt sich und beginnt zu rauchen.
Meine Freunde, ein unvorhergesehener Vorfall, der gewisse Folgen haben kann, zwingt mich, die Verhandlungen, die ich letzthin über die Zukunft meines Unter-
nehmens führte, sehr zu beschleunigen. Herr Shu Fu,
meine Fabrik ist in Schwierigkeiten.

HERR SHU FU Das ist sie immer.

SHUI TA Aber nun droht die Polizei offen, sie zu schließen,
wenn ich nicht auf Verhandlungen über ein neues Objekt
hinweisen kann. Herr Shu Fu, es handelt sich um den
einzigen Besitz meiner Kusine, für die Sie immer ein so
großes Interesse gezeigt haben.

HERR SHU FU Herr Shui Ta, ich fühle eine tiefe Unlust,
Ihre sich ständig vergrößernden Projekte zu besprechen.
Ich rede von einem kleinen Abendessen mit Ihrer Ku-
sine, Sie deuten finanzielle Schwierigkeiten an. Ich stelle
Ihrer Kusine Häuser für Obdachlose zur Verfügung, Sie

etablieren darin eine Fabrik. Ich überreiche ihr einen Scheck, Sie präsentieren ihn. Ihre Kusine verschwindet. Sie wünschen 100 000 Silberdollar mit der Bemerkung, meine Häuser seien zu klein. Herr, wo ist Ihre Kusine?

SHUI TA Herr Shu Fu, beruhigen Sie sich. Ich kann Ihnen heute die Mitteilung machen, daß sie sehr bald zurückkehren wird.

HERR SHU FU Bald? Wann? »Bald« höre ich von Ihnen seit Wochen.

SHUI TA Ich habe von Ihnen nicht neue Unterschriften verlangt. Ich habe Sie lediglich gefragt, ob Sie meinem Projekt nähertreten würden, wenn meine Kusine zurückkäme.

HERR SHU FU Ich habe Ihnen tausendmal gesagt, daß ich mit Ihnen nichts mehr, mit Ihrer Kusine dagegen alles zu besprechen bereit bin. Sie scheinen aber einer solchen Besprechung Hindernisse in den Weg legen zu wollen.

SHUI TA Nicht mehr.

HERR SHU FU Wann also wird sie stattfinden?

SHUI TA *unsicher:* In drei Monaten.

HERR SHU FU *ärgerlich:* Dann werde ich in drei Monaten meine Unterschrift geben.

SHUI TA Aber es muß alles vorbereitet werden.

HERR SHU FU Sie können alles vorbereiten, Shui Ta, wenn Sie überzeugt sind, daß Ihre Kusine dieses Mal tatsächlich kommt.

SHUI TA Frau Mi Tzü, sind Sie ihrerseits bereit, der Polizei zu bestätigen, daß ich Ihre Fabrikräume haben kann?

DIE HAUSBESITZERIN Gewiß, wenn Sie mir Ihren Prokuristen überlassen. Sie wissen seit Wochen, daß das meine Bedingung ist. *Zu Herrn Shu Fu:* Der junge Mann ist geschäftlich so tüchtig, und ich brauche einen Verwalter.

SHUI TA Sie müssen doch verstehen, daß ich gerade jetzt Herrn Yang Sun nicht entbehren kann, bei all den

Schwierigkeiten und bei meiner in letzter Zeit so schwankenden Gesundheit! Ich war ja von Anfang an bereit, ihn Ihnen abzutreten, aber ...

DIE HAUSBESITZERIN Ja, aber!

Pause

SHUI TA Schön, er wird morgen in Ihrem Kontor vorsprechen.

HERR SHU FU Ich begrüße es, daß Sie sich diesen Entschluß abringen konnten, Shui Ta. Sollte Fräulein Shen Te wirklich zurückkehren, wäre die Anwesenheit des jungen Mannes hier höchst ungeziemend. Er hat, wie wir wissen, seinerzeit einen ganz unheilvollen Einfluß auf sie ausgeübt.

SHUI TA *sich verbeugend:* Zweifellos. Entschuldigen Sie in den beiden Fragen, meine Kusine Shen Te und Herrn Yang Sun betreffend, mein langes Zögern, so unwürdig eines Geschäftsmannes. Diese Menschen standen einander einmal nahe.

DIE HAUSBESITZERIN Sie sind entschuldigt.

SHUI TA *nach der Tür schauend:* Meine Freunde, lassen Sie uns nunmehr zu einem Abschluß kommen. In diesem einstmals kleinen und schäbigen Laden, wo die armen Leute des Viertels den Tabak der guten Shen Te kauften, beschließen wir, ihre Freunde, nun die Etablierung von zwölf schönen Läden, in denen in Zukunft der gute Tabak der Shen Te verkauft werden soll. Wie man mir sagt, nennt das Volk mich heute den Tabakkönig von Sezuan. In Wirklichkeit habe ich dieses Unternehmen aber einzig und allein im Interesse meiner Kusine geführt. Ihr und ihren Kindern und Kindeskindern wird es gehören.

Von draußen kommen die Geräusche einer Volksmenge. Herein Sun, Wang und der Polizist.

DER POLIZIST Herr Shui Ta, zu meinem Bedauern zwingt

mich die aufgeregte Stimmung des Viertels, einer Anzeige aus Ihrer eigenen Firma nachzugehen, nach der Sie
Ihre Kusine, Fräulein Shen Te, ihrer Freiheit berauben
sollen.

SHUI TA Das ist nicht wahr.

DER POLIZIST Herr Yang Sun hier bezeugt, daß er aus
dem Gelaß hinter Ihrem Kontor ein Schluchzen gehört hat, das nur von einer Frauensperson herstammen konnte.

DIE HAUSBESITZERIN Das ist lächerlich. Ich und Herr Shu
Fu, zwei angesehene Bürger dieser Stadt, deren Aussagen die Polizei kaum in Zweifel ziehen kann, bezeugen, daß hier nicht geschluchzt wurde. Wir rauchen in
Ruhe unsere Zigarren.

DER POLIZIST Ich habe leider den Auftrag, das fragliche
Gelaß zu inspizieren.

Shui Ta öffnet die Tür. Der Polizist tritt mit einer Verbeugung auf die Schwelle. Er schaut hinein, dann wendet er sich um und lächelt.

Hier ist tatsächlich kein Mensch.

SUN *der neben ihn getreten war:* Aber es war ein Schluchzen! *Sein Blick fällt auf den Tisch, unter den Shui Ta
das Bündel gestopft hat. Er läuft darauf zu.* Das war
vorhin noch nicht da. *Es öffnend, zeigt er Shen Te's
Kleider usw.*

WANG Das sind Shen Te's Sachen! *Er läuft zur Tür und
ruft hinaus:* Man hat ihre Kleider hier entdeckt!

DER POLIZIST *die Sachen an sich nehmend:* Sie erklären,
daß Ihre Kusine verreist ist. Ein Bündel mit ihr gehörenden Sachen wird unter Ihrem Tisch versteckt gefunden.
Wo ist das Mädchen erreichbar, Herr Shui Ta?

SHUI TA Ich kenne ihre Adresse nicht.

DER POLIZIST Das ist sehr bedauerlich.

RUFE AUS DER VOLKSMENGE Shen Te's Sachen sind gefun

den worden! – Der Tabakkönig hat das Mädchen ermordet und verschwinden lassen!

DER POLIZIST Herr Shui Ta, ich muß Sie bitten, mir auf die Wache zu folgen.

SHUI TA *sich vor der Hausbesitzerin und Herrn Shu Fu verbeugend:* Ich bitte Sie um Entschuldigung für den Skandal, meine Herrschaften. Aber es gibt noch Richter in Sezuan. Ich bin überzeugt, daß sich alles in Kürze aufklären wird. *Er geht vor dem Polizisten hinaus.*

WANG Ein furchtbares Verbrechen ist geschehen!

SUN *bestürzt:* Aber dort war ein Schluchzen!

Zwischenspiel

Wangs Nachtlager

Musik. Zum letztenmal erscheinen dem Wasserverkäufer im Traum die Götter. Sie haben sich sehr verändert. Unverkennbar sind die Anzeichen langer Wanderung, tiefer Erschöpfung und mannigfaltiger böser Erlebnisse. Einem ist der Hut vom Kopf geschlagen, einer hat ein Bein in einer Fuchsfalle gelassen, und alle drei gehen barfuß.

WANG Endlich erscheint ihr! Furchtbare Dinge gehen vor in Shen Te's Tabakladen, Erleuchtete! Shen Te ist wieder verreist, schon seit Monaten! Der Vetter hat alles an sich gerissen! Er ist heute verhaftet worden. Er soll sie ermordet haben, heißt es, um sich ihren Laden anzueignen. Aber das glaube ich nicht, denn ich habe einen Traum gehabt, in dem sie mir erschien und erzählte, daß ihr Vetter sie gefangen hält. Oh, Erleuchtete, ihr müßt sogleich zurückkommen und sie finden.

DER ERSTE GOTT Das ist entsetzlich. Unsere ganze Suche ist gescheitert. Wenig Gute fanden wir, und wenn wir welche fanden, lebten sie nicht menschenwürdig. Wir hatten schon beschlossen, uns an Shen Te zu halten.

DER ZWEITE GOTT Wenn sie immer noch gut sein sollte!

WANG Das ist sie sicherlich, aber sie ist verschwunden!

DER ERSTE GOTT Dann ist alles verloren.

DER ZWEITE GOTT Haltung.

DER ERSTE GOTT Wozu da noch Haltung? Wir müssen abdanken, wenn sie nicht gefunden wird! Was für eine Welt haben wir vorgefunden? Elend, Niedrigkeit und Abfall überall! Selbst die Landschaft ist von uns abgefallen. Die schönen Bäume sind enthauptet von Drähten, und jenseits der Gebirge sehen wir dicke Rauchwolken und hören einen Donner von Kanonen, und nirgends ein guter Mensch, der durchkommt!

DER DRITTE GOTT Ach, Wasserverkäufer, unsere Gebote scheinen tödlich zu sein! Ich fürchte, es muß alles gestrichen werden, was wir an sittlichen Vorschriften aufgestellt haben. Die Leute haben genug zu tun, nur das nackte Leben zu retten. Gute Vorsätze bringen sie an den Rand des Abgrunds, gute Taten stürzen sie hinab. *Zu den beiden andern Göttern:* Die Welt ist unbewohnbar, ihr müßt es einsehen!

DER ERSTE GOTT *heftig:* Nein, die Menschen sind nichts wert!

DER DRITTE GOTT Weil die Welt zu kalt ist!

DER ZWEITE GOTT Weil die Menschen zu schwach sind!

DER ERSTE GOTT Würde, ihr Lieben, Würde! Brüder, wir dürfen nicht verzweifeln. Einen haben wir doch gefunden, der gut war und nicht schlecht geworden ist, und er ist nur verschwunden. Eilen wir, ihn zu finden. Einer genügt. Haben wir nicht gesagt, daß alles noch gut werden kann, wenn nur einer sich findet, der diese Welt aushält, nur einer?!

Sie entschwinden schnell.

Gerichtslokal

In Gruppen: Herr Shu Fu und die Hausbesitzerin. Sun
und seine Mutter. Wang, der Schreiner, der Großvater,
die junge Prostituierte, die beiden Alten. Die Shin. Der
Polizist. Die Schwägerin.

DER ALTE Er ist zu mächtig.

WANG Er will zwölf neue Läden aufmachen.

DER SCHREINER Wie soll der Richter ein gerechtes Urteil
sprechen, wenn die Freunde des Angeklagten, der Barbier
Shu Fu und die Hausbesitzerin Mi Tzü, seine Freunde
sind?

DIE SCHWÄGERIN Man hat gesehen, wie gestern abend die
Shin im Auftrag des Herrn Shui Ta eine fette Gans in
die Küche des Richters brachte. Das Fett troff durch den
Korb.

DIE ALTE *zu Wang:* Unsere arme Shen Te wird nie wieder
entdeckt werden.

WANG Ja, nur die Götter könnten die Wahrheit ausfindig
machen.

DER POLIZIST Ruhe! Der Gerichtshof erscheint.

Eintreten in Gerichtsroben die drei Götter. Während sie
an der Rampe entlang zu ihren Sitzen gehen, hört man
sie flüstern.

DER DRITTE GOTT Es wird aufkommen. Die Zertifikate
sind sehr schlecht gefälscht.

DER ZWEITE GOTT Und man wird sich Gedanken machen
über die plötzliche Magenverstimmung des Richters.

DER ERSTE GOTT Nein, sie ist natürlich, da er eine halbe
Gans aufgegessen hat.

DIE SHIN Es sind neue Richter!

WANG Und sehr gute!

Der dritte Gott, der als letzter geht, hört ihn, wendet sich um und lächelt ihm zu. Die Götter setzen sich. Der erste Gott schlägt mit dem Hammer auf den Tisch. Der Polizist holt Shui Ta herein, der mit Pfeifen empfangen wird, aber in herrischer Haltung einhergeht.

DER POLIZIST Machen Sie sich auf eine Überraschung gefaßt. Es ist nicht der Richter Fu Yi Tscheng. Aber die neuen Richter sehen auch sehr mild aus.

Shui Ta erblickt die Götter und wird ohnmächtig.

DIE JUNGE PROSTITUIERTE Was ist das? Der Tabakkönig ist in Ohnmacht gefallen.

DIE SCHWÄGERIN Ja, beim Anblick der neuen Richter!

WANG Er scheint sie zu kennen! Das verstehe ich nicht.

DER ERSTE GOTT *eröffnet die Verhandlung:* Sind Sie der Tabakgroßhändler Shui Ta?

SHUI TA *sehr schwach:* Ja.

DER ERSTE GOTT Gegen Sie wird die Anklage erhoben, daß Sie Ihre leibliche Kusine, das Fräulein Shen Te, beiseite geschafft haben, um sich ihres Geschäfts zu bemächtigen. Bekennen Sie sich schuldig?

SHUI TA Nein.

DER ERSTE GOTT *in den Akten blätternd:* Wir hören zunächst den Polizisten des Viertels über den Ruf des Angeklagten und den Ruf seiner Kusine.

DER POLIZIST *tritt vor:* Fräulein Shen Te war ein Mädchen, das sich gern allen Leuten angenehm machte, lebte und leben ließ, wie man sagt. Herr Shui Ta hingegen ist ein Mann von Prinzipien. Die Gutherzigkeit des Fräuleins zwang ihn mitunter zu strengen Maßnahmen. Jedoch hielt er sich im Gegensatz zu dem Mädchen stets auf seiten des Gesetzes, Euer Gnaden. Er entlarvte Leute, denen seine Kusine vertrauensvoll Obdach gewährt hatte, als eine Diebesbande, und in einem andern

Fall bewahrte er die Shen Te im letzten Augenblick vor einem glatten Meineid. Herr Shui Ta ist mir bekannt als respektabler und die Gesetze respektierender Bürger.

DER ERSTE GOTT Sind weitere Leute hier, die bezeugen wollen, daß dem Angeklagten eine Untat, wie sie ihm vorgeworfen wird, nicht zuzutrauen ist?

Vortreten Herr Shu Fu und die Hausbesitzerin.

DER POLIZIST *flüstert den Göttern zu:* Herr Shu Fu, ein sehr einflußreicher Herr!

HERR SHU FU Herr Shui Ta gilt in der Stadt als angesehener Geschäftsmann. Er ist zweiter Vorsitzender der Handelskammer und in seinem Viertel zum Friedensrichter vorgesehen.

WANG *ruft dazwischen:* Von euch! Ihr macht Geschäfte mit ihm!

DER POLIZIST *flüsternd:* Ein übles Subjekt!

DIE HAUSBESITZERIN Als Präsidentin des Fürsorgevereins möchte ich dem Gerichtshof zur Kenntnis bringen, daß Herr Shui Ta nicht nur im Begriff steht, zahlreichen Menschen in seinen Tabakbetrieben die bestdenkbaren Räume, hell und gesund, zu schenken, sondern auch unserem Invalidenheim laufend Zuwendungen macht.

DER POLIZIST *flüsternd:* Frau Mi Tzü, eine nahe Freundin des Richters Fu Yi Tscheng!

DER ERSTE GOTT Jaja, aber nun müssen wir auch hören, ob jemand weniger Günstiges über den Angeklagten auszusagen hat.

Vortreten Wang, der Schreiner, das alte Paar, der Arbeitslose, die Schwägerin, die junge Prostituierte.

DER POLIZIST Der Abschaum des Viertels!

DER ERSTE GOTT Nun, was wißt ihr von dem allgemeinen Verhalten des Shui Ta?

RUFE *durcheinander:* Er hat uns ruiniert! – Mich hat er erpreßt! – Uns zu Schlechtem verleitet! – Die Hilflosen ausgebeutet! – Gelogen! – Betrogen! – Gemordet!

DER ERSTE GOTT Angeklagter, was haben Sie zu antworten?

SHUI TA Ich habe nichts getan, als die nackte Existenz meiner Kusine gerettet, Euer Gnaden. Ich bin nur gekommen, wenn die Gefahr bestand, daß sie ihren kleinen Laden verlor. Ich mußte dreimal kommen. Ich wollte nie bleiben. Die Verhältnisse haben es mit sich gebracht, daß ich das letzte Mal geblieben bin. Die ganze Zeit habe ich nur Mühe gehabt. Meine Kusine war beliebt, und ich habe die schmutzige Arbeit verrichtet. Darum bin ich verhaßt.

DIE SCHWÄGERIN Das bist du. Nehmt unsern Fall, Euer Gnaden! *Zu Shui Ta:* Ich will nicht von den Ballen reden.

SHUI TA Warum nicht? Warum nicht?

DIE SCHWÄGERIN *zu den Göttern:* Shen Te hat uns Obdach gewährt, und er hat uns verhaften lassen.

SHUI TA Ihr habt Kuchen gestohlen!

DIE SCHWÄGERIN Jetzt tut er, als kümmerten ihn die Kuchen des Bäckers! Er wollte den Laden für sich haben!

SHUI TA Der Laden war kein Asyl, ihr Eigensüchtigen!

DIE SCHWÄGERIN Aber wir hatten keine Bleibe!

SHUI TA Ihr wart zu viele!

WANG Und sie hier? *Er deutet auf die beiden Alten.* Waren sie auch zu eigensüchtig?

DER ALTE Wir haben unser Erspartes in Shen Te's Laden gegeben. Warum hast du uns um unsern Laden gebracht?

SHUI TA Weil meine Kusine einem Flieger zum Fliegen verhelfen wollte. Ich sollte das Geld schaffen!

WANG Das wollte vielleicht sie, aber du wolltest die einträgliche Stelle in Peking. Der Laden war dir nicht gut genug.

SHUI TA Die Ladenmiete war zu hoch!

DIE SHIN Das kann ich bestätigen.

SHUI TA Und meine Kusine verstand nichts vom Geschäft.

DIE SHIN Auch das! Außerdem war sie verliebt in den Flieger.

SHUI TA Sollte sie nicht lieben dürfen?

WANG Sicher! Warum hast du sie dann zwingen wollen, einen ungeliebten Mann zu heiraten, den Barbier hier?

SHUI TA Der Mann, den sie liebte, war ein Lump.

WANG Der dort? *Er zeigt auf Sun.*

SUN *springt auf:* Und weil er ein Lump war, hast du ihn in dein Kontor genommen!

SHUI TA Um dich zu bessern! Um dich zu bessern!

DIE SCHWÄGERIN Um ihn zum Antreiber zu machen!

WANG Und als er so gebessert war, hast du ihn da nicht verkauft an diese da? *Er zeigt auf die Hausbesitzerin.* Sie hat es überall herumposaunt.

SHUI TA Weil sie mir die Lokalitäten nur geben wollte, wenn er ihr die Knie tätschelte!

DIE HAUSBESITZERIN Lüge! Reden Sie nicht mehr von meinen Lokalitäten! Ich habe mit Ihnen nichts zu schaffen, Sie Mörder! *Sie rauscht beleidigt ab.*

SUN *bestimmt:* Euer Gnaden, ich muß ein Wort für ihn einlegen!

DIE SCHWÄGERIN Selbstverständlich mußt du. Du bist sein Angestellter.

DER ARBEITSLOSE Er ist der schlimmste Antreiber, den es je gegeben hat. Er ist ganz verkommen.

SUN Euer Gnaden, der Angeklagte mag mich zu was immer gemacht haben, aber er ist kein Mörder. Wenige Minuten vor seiner Verhaftung habe ich Shen Te's Stimme aus dem Gelaß hinter dem Laden gehört!

DER ERSTE GOTT *gierig:* So lebte sie also? Berichte uns genau, was du gehört hast!

SUN *triumphierend:* Ein Schluchzen, Euer Gnaden, ein Schluchzen!

DER DRITTE GOTT Und das erkanntest du wieder?

SUN Unbedingt. Sollte ich nicht ihre Stimme kennen?

HERR SHU FU Ja, oft genug hast du sie schluchzen gemacht!

SUN Und doch habe ich sie glücklich gemacht. Aber dann wollte er – *auf Shui Ta deutend* – sie an dich verkaufen.

SHUI TA *zu Sun:* Weil du sie nicht liebtest!

WANG Nein: um des Geldes willen!

SHUI TA Aber wozu wurde das Geld benötigt, Euer Gnaden? *Zu Sun:* Du wolltest, daß sie alle ihre Freunde opferte, aber der Barbier bot ihr seine Häuser und sein Geld an, daß den Armen geholfen würde. Auch damit sie Gutes tun konnte, mußte ich sie mit dem Barbier verloben.

WANG Warum hast du sie da nicht das Gute tun lassen, als der große Scheck unterschrieben wurde? Warum hast du die Freunde Shen Te's in die schmutzigen Schwitzbuden geschickt, deine Tabakfabrik, Tabakkönig?

SHUI TA Das war für das Kind!

DER SCHREINER Und meine Kinder? Was machtest du mit meinen Kindern?

Shui Ta schweigt.

WANG Jetzt schweigst du! Die Götter haben Shen Te ihren Laden gegeben als eine kleine Quelle der Güte. Und immer wollte sie Gutes tun, und immer kamst du und hast es vereitelt.

SHUI TA *außer sich:* Weil sonst die Quelle versiegt wäre, du Dummkopf.

DIE SHIN Das ist richtig, Euer Gnaden!

WANG Was nützt die Quelle, wenn daraus nicht geschöpft werden kann?

SHUI TA Gute Taten, das bedeutet Ruin!

WANG *wild:* Aber schlechte Taten, das bedeutet gutes

Leben, wie? Was hast du mit der guten Shen Te gemacht, du schlechter Mensch? Wie viele gute Menschen gibt es schon, Erleuchtete? Sie aber war gut! Als der dort meine Hand zerbrochen hatte, wollte sie für mich zeugen. Und jetzt zeuge ich für sie. Sie war gut, ich bezeuge es. *Er hebt die Hand zum Schwur.*

DER DRITTE GOTT Was hast du an der Hand, Wasserverkäufer? Sie ist ja steif.

WANG *zeigt auf Shui Ta:* Er ist daran schuld, nur er! Sie wollte mir das Geld für den Arzt geben, aber dann kam er. Du warst ihr Todfeind!

SHUI TA Ich war ihr einziger Freund!

ALLE Wo ist sie?

SHUI TA Verreist.

WANG Wohin?

SHUI TA Ich sage es nicht!

ALLE Aber warum mußte sie verreisen?

SHUI TA *schreiend:* Weil ihr sie sonst zerrissen hättet!

Es tritt eine plötzliche Stille ein.

Shui Ta ist auf seinen Stuhl gesunken: Ich kann nicht mehr. Ich will alles aufklären. Wenn der Saal geräumt wird und nur die Richter zurückbleiben, will ich ein Geständnis machen.

ALLE Er gesteht! – Er ist überführt!

DER ERSTE GOTT *schlägt mit dem Hammer auf den Tisch:* Der Saal soll geräumt werden.

Der Polizist räumt den Saal.

DIE SHIN *im Abgehen, lachend:* Man wird sich wundern!

SHUI TA Sind sie draußen? Alle? Ich kann nicht mehr schweigen. Ich habe euch erkannt, Erleuchtete!

DER ZWEITE GOTT Was hast du mit unserm guten Menschen von Sezuan gemacht?

SHUI TA Dann laßt mich euch die furchtbare Wahrheit gestehen, ich bin euer guter Mensch!

Er nimmt die Maske ab und reißt sich die Kleider weg,
Shen Te steht da.

DER ZWEITE GOTT Shen Te!

SHEN TE Ja, ich bin es. Shui Ta und Shen Te, ich bin beides.

Euer einstiger Befehl
Gut zu sein und doch zu leben
Zerriß mich wie ein Blitz in zwei Hälften. Ich
Weiß nicht, wie es kam: gut sein zu andern
Und zu mir konnte ich nicht zugleich
Andern und mir zu helfen, war mir zu schwer.
Ach, eure Welt ist schwierig! Zu viel Not, zu viel
   Verzweiflung!
Die Hand, die dem Elenden gereicht wird
Reißt er einem gleich aus! Wer den Verlorenen hilft
Ist selbst verloren! Denn wer könnte
Lang sich weigern, böse zu sein, wenn da stirbt,
  wer kein Fleisch ißt?
Aus was sollte ich nehmen, was alles gebraucht wurde?
  Nur
Aus mir! Aber dann kam ich um! Die Last der guten
  Vorsätze
Drückte mich in die Erde. Doch wenn ich Unrecht tat
Ging ich mächtig herum und aß vom guten Fleisch!
Etwas muß falsch sein an eurer Welt. Warum
Ist auf die Bosheit ein Preis gesetzt und warum
  erwarten den Guten
So harte Strafen? Ach, in mir war
Solch eine Gier, mich zu verwöhnen! Und da war auch
In mir ein heimliches Wissen, denn meine Ziehmutter
Wusch mich mit Gossenwasser! Davon kriegte ich
Ein scharfes Aug. Jedoch Mitleid
Schmerzte mich so, daß ich gleich in wölfischen Zorn
  verfiel

Angesichts des Elends. Dann
Fühlte ich, wie ich mich verwandelte und
Mir die Lippe zur Lefze wurd. Wie Asche im Mund
Schmeckte das gütige Wort. Und doch
Wollte ich gern ein Engel sein den Vorstädten.
        Zu schenken
War mir eine Wollust. Ein glückliches Gesicht
Und ich ging wie auf Wolken.
Verdammt mich: alles, was ich verbrach
Tat ich, meinen Nachbarn zu helfen
Meinen Geliebten zu lieben und
Meinen kleinen Sohn vor dem Mangel zu retten.
Für eure großen Pläne, ihr Götter
War ich armer Mensch zu klein.

DER ERSTE GOTT *mit allen Zeichen des Entsetzens:* Sprich nicht weiter, Unglückliche! Was sollen wir denken, die so froh sind, dich wiedergefunden zu haben!

SHEN TE Aber ich muß euch doch sagen, daß ich der böse Mensch bin, von dem alle hier diese Untaten berichtet haben.

DER ERSTE GOTT Der gute Mensch, von dem alle nur Gutes berichtet haben!

SHEN TE Nein, auch der böse!

DER ERSTE GOTT Ein Mißverständnis! Einige unglückliche Vorkommnisse! Ein paar Nachbarn ohne Herz! Etwas Übereifer!

DER ZWEITE GOTT Aber wie soll sie weiterleben?

DER ERSTE GOTT Sie kann es! Sie ist eine kräftige Person und wohlgestaltet und kann viel aushalten.

DER ZWEITE GOTT Aber hast du nicht gehört, was sie sagt?

DER ERSTE GOTT *heftig:* Verwirrtes, sehr Verwirrtes! Unglaubliches, sehr Unglaubliches! Sollen wir eingestehen, daß unsere Gebote tödlich sind? Sollen wir verzichten

auf unsere Gebote? *Verbissen:* Niemals! Soll die Welt
geändert werden? Wie? Von wem? Nein, es ist alles in
Ordnung! *Er schlägt schnell mit dem Hammer auf den
Tisch.*
Und nun –
*Auf ein Zeichen von ihm ertönt Musik. Eine rosige Helle
entsteht.*

Laßt uns zurückkehren. Diese kleine Welt
Hat uns sehr gefesselt. Ihr Freud und Leid
Hat uns erquickt und uns geschmerzt. Jedoch
Gedenken wir dort über den Gestirnen
Deiner, Shen Te, des guten Menschen, gern
Die du von unserm Geist hier unten zeugst
In kalter Finsternis die kleine Lampe trägst.
Leb wohl, mach's gut!

*Auf ein Zeichen von ihm öffnet sich die Decke. Eine
rosa Wolke läßt sich hernieder. Auf ihr fahren die Götter sehr langsam nach oben.*

SHEN TE Oh, nicht doch, Erleuchtete! Fahrt nicht weg! Ver-
laßt mich nicht! Wie soll ich den beiden guten Alten in
die Augen schauen, die ihren Laden verloren haben, und
dem Wasserverkäufer mit der steifen Hand? Und wie
soll ich mich des Barbiers erwehren, den ich nicht liebe,
und wie Suns, den ich liebe? Und mein Leib ist gesegnet,
bald ist mein kleiner Sohn da und will essen? Ich kann
nicht hier bleiben!
*Sie blickt gehetzt nach der Tür, durch die ihre Peiniger
eintreten werden.*

DER ERSTE GOTT Du kannst es. Sei nur gut, und alles wird
gut werden!
*Herein die Zeugen. Sie sehen mit Verwunderung die
Richter auf ihrer rosa Wolke schweben.*

WANG Bezeugt euren Respekt! Die Götter sind unter uns erschienen! Drei der höchsten Götter sind nach Sezuan gekommen, einen guten Menschen zu suchen. Sie hatten ihn schon gefunden, aber ...

DER ERSTE GOTT Kein Aber! Hier ist er!

ALLE Shen Te!

DER ERSTE GOTT Sie ist nicht umgekommen, sie war nur verborgen. Sie wird unter euch bleiben, ein guter Mensch!

SHEN TE Aber ich brauche den Vetter!

DER ERSTE GOTT Nicht zu oft!

SHEN TE Jede Woche zumindest!

DER ERSTE GOTT Jeden Monat, das genügt!

SHEN TE Oh, entfernt euch nicht, Erleuchtete! Ich habe noch nicht alles gesagt! Ich brauche euch dringend!

DIE GÖTTER *singen das*

»TERZETT DER ENTSCHWINDENDEN GÖTTER
AUF DER WOLKE«

Leider können wir nicht bleiben
Mehr als eine flüchtige Stund:
Lang besehn, ihn zu beschreiben
Schwände hin der schöne Fund.
Eure Körper werfen Schatten
In der Flut des goldnen Lichts
Drum müßt ihr uns schon gestatten
Heimzugehn in unser Nichts.

SHEN TE Hilfe!

DIE GÖTTER
Und lasset, da die Suche nun vorbei
Uns fahren schnell hinan!

Gepriesen sei, gepriesen sei
Der gute Mensch von Sezuan!

*Während Shen Te verzweifelt die Arme nach ihnen aus-
breitet, verschwinden sie oben, lächelnd und winkend.*

Epilog

Vor den Vorhang tritt ein Spieler und wendet sich ent-
schuldigend an das Publikum mit einem Epilog.

Verehrtes Publikum, jetzt kein Verdruß:
Wir wissen wohl, das ist kein rechter Schluß.
Vorschwebte uns: die goldene Legende.
Unter der Hand nahm sie ein bitteres Ende.
Wir stehen selbst enttäuscht und sehn betroffen
Den Vorhang zu und alle Fragen offen.
Dabei sind wir doch auf Sie angewiesen
Daß Sie bei uns zu Haus sind und genießen.
Wir können es uns leider nicht verhehlen:
Wir sind bankrott, wenn Sie uns nicht empfehlen!
Vielleicht fiel uns aus lauter Furcht nichts ein.
Das kam schon vor. Was könnt die Lösung sein?
Wir konnten keine finden, nicht einmal für Geld.
Soll es ein andrer Mensch sein? Oder eine andre Welt?
Vielleicht nur andere Götter? Oder keine?
Wir sind zerschmettert und nicht nur zum Scheine!
Der einzige Ausweg wär aus diesem Ungemach:
Sie selber dächten auf der Stelle nach
Auf welche Weis dem guten Menschen man
Zu einem guten Ende helfen kann.
Verehrtes Publikum, los, such dir selbst den Schluß!
Es muß ein guter da sein, muß, muß, muß!

Bertolt Brecht
im Suhrkamp und im Insel Verlag
Eine Auswahl

Werkausgaben

Werke. Große kommentierte Berliner und Frankfurter Ausgabe. 30 Bände (in 32 Teilbänden) und ein Registerband. Bearbeitet von Hermann Kähler. Leinen. 20650 Seiten

Ausgewählte Werke in sechs Bänden. st 3732. Sechs Bände in Kassette. Broschur. 4000 Seiten

Stücke

Der aufhaltsame Aufstieg des Arturo Ui. es 144. 134 Seiten

Aufstieg und Fall der Stadt Mahagonny. Oper. es 21. 112 Seiten

Baal. Drei Fassungen. Kritisch ediert und kommentiert von Dieter Schmidt. es 170. 232 Seiten

Baal. Der böse Baal der asoziale. Texte, Varianten, Materialien. es 248. 256 Seiten

Die Dreigroschenoper. Nach John Gays »The Beggar's Opera«. es 229. 128 Seiten. BS 1155. 106 Seiten

Frühe Stücke. Baal. Trommeln in der Nacht. Im Dickicht der Städte. st 201. 209 Seiten

Furcht und Elend des Dritten Reiches. es 392. 144 Seiten

Gedichte

Ausgewählte Gedichte. Ausgewählt von Siegfried Unseld.
Mit einem Nachwort von Walter Jens. es 86. 112 Seiten

Bertolt Brechts Hauspostille. Mit Anleitungen, Gesangs-
noten und einem Anhang. st 3041. 160 Seiten

Buckower Elegien. Mit Kommentaren von Jan Knopf.
es 1397. 144 Seiten

Das große Brecht-Liederbuch. Herausgegeben und
kommentiert von Fritz Hennenberg. Musik von Bertolt
Brecht, Franz S. Bruinier, Kurt Weill, Hanns Eisler,
Paul Dessau, Rudolf Wagner-Régeny, Kurt Schwaen.
Drei Bände. 516 Seiten. Gebunden. st 1216. 533 Seiten

Die Gedichte. Herausgegeben von Jan Knopf. Gebunden.
it 3331. 1646 Seiten

Gedichte über die Liebe. Ausgewählt von Werner Hecht.
BS 1161. 256 Seiten. st 1001. 249 Seiten

Gedichte und Lieder. Ausgewählt von Peter Suhrkamp.
BS 33. 176 Seiten

Hundert Gedichte. Ausgewählt von Siegfried Unseld.
st 2800. 188 Seiten

Liebesgedichte. Herausgegeben von Elisabeth Hauptmann.
IB 852. 72 Seiten

Liebesgedichte. Ausgewählt von Werner Hecht.
it 2824. 117 Seiten

Prosa

Die unwürdige Greisin. Und andere Geschichten.
Zusammengestellt und mit Anmerkungen versehen von
Wolfgang Jeske. st 1746. 220 Seiten

Dreigroschenroman. st 1846. 394 Seiten

**Die Flaschenpost und andere Geschichten aus der
Weimarer Zeit.** Herausgegeben und mit einem Nachwort
versehen von Jan Knopf. it 2948. 249 Seiten

Flüchtlingsgespräche. Erweiterte Ausgabe.
BS 1274 und st 3129. 152 Seiten

Geschichten vom Herrn Keuner. Zürcher Fassung.
Herausgegeben von Erdmut Wizisla. Kartoniert. 128 Seiten

Geschichten vom Herrn Keuner. st 16. 128 Seiten

Kalendergeschichten. Mit einem Nachwort von Jan Knopf.
BS 1343. 153 Seiten. st 3443. 152 Seiten

Prosa. Sämtliche Prosa in einem Band. Broschur. 1782 Seiten

Notizbücher

Notizbücher. Band 1: 1918-1920. Herausgegeben von Martin
Kölbel und Peter Villwock. Broschur. 481 Seiten

Notizbücher. Band 2: 1920. Herausgegeben von Martin Kölbel und Peter Villwock. Broschur. 657 Seiten

Notizbücher. Band 7: 1927-1930. Herausgegeben von Peter Villwock. Broschur. 542 Seiten

Briefe

Briefe. Zwei Bände. Herausgegeben und kommentiert von Günter Glaeser. Gebunden. 1175 Seiten

»ich lerne: gläser + tassen spülen«. Der Briefwechsel mit Helene Weigel 1923–1956. Gebunden. 402 Seiten

Über Bertolt Brecht

Bertolt Brecht. Sein Leben in Bildern und Texten. Mit einem Vorwort von Max Frisch. Herausgegeben von Werner Hecht. Gestaltet von Willy Fleckhaus. st 3217. 351 Seiten. it 1122. 351 Seiten

Hans Mayer. Erinnerung an Brecht. Englische Broschur. 121 Seiten

Werner Hecht. Brecht Chronik 1898-1956. Broschur. 1316 oder 1465 Seiten

alles was Brecht ist ... Fakten – Kommentare – Meinungen – Bilder. Begleitbuch zu den gleichnamigen Sendereihen von 3sat und S2 Kultur. Herausgegeben von Werner Hecht. Broschur. 315 Seiten

James K. Lyon. Bertolt Brecht in Amerika. Übersetzt von Traute M. Marshall. Gebunden. 527 Seiten

Jan Knopf. Bertolt Brecht. Leben, Werk, Wirkung. sb 16. 157 Seiten

Graphic Novel

Geschichten vom Herrn Keuner. Graphic Novel von Ulf K.
st 4517. 130 Seiten

Filme

**Bertolt Brecht/Hanns Eisler/Slatan Dudow. Kuhle Wampe
oder Wem gehört die Welt?** DVD mit einem umfangreichen
Booklet. fes 2

Suhrkamp BasisBibliothek

Der Aufstieg des Arturo Ui. Mit einem Kommentar von
Annabelle Köhler. SBB 55. 182 Seiten

Aufstieg und Fall der Stadt Mahagonny. Mit einem
Kommentar von Joachim Lucchesi. SBB 63. 160 Seiten

Die Dreigroschenoper. Der Erstdruck 1928. Mit einem
Kommentar von Joachim Lucchesi. SBB 48. 170 Seiten

Der gute Mensch von Sezuan. Mit einem Kommentar von
Wolfgang Jeske. SBB 25. 224 Seiten

Der kaukasische Kreidekreis. Mit einem Kommentar von
Ana Kugli. SBB 42. 192 Seiten

Leben des Galilei. Schauspiel. Mit einem Kommentar von
Dieter Wöhrle. SBB 1. 192 Seiten

Mutter Courage und ihre Kinder. Eine Chronik aus dem
Dreißigjährigen Krieg. Mit einem Kommentar von Wolfgang
Jeske. SBB 11. 185 Seiten

Suhrkamp BasisBibliothek
Text und Kommentar in einem Band

»Die Suhrkamp BasisBibliothek hat sich längst einen Namen gemacht. Als ›Arbeitstexte für Schule und Studium‹ präsentiert der Suhrkamp Verlag diese Zusammenarbeit mit dem Schulbuchverlag Cornelsen. Doch nicht nur prüfungsgepeinigte Proseminaristen treibt es in die Arme der vielschichtig angelegten Didaktik, mit der diese unprätentiösen Bändchen aufwarten. Auch Lehrer und Liebhaber vertrauen sich gerne den jeweiligen Kommentatoren an, zumal die Bände mit erschöpfenden Hintergrundinformationen, Zeittafeln, Entstehungsgeschichten, Rezeptionsgeschichten, Erklärungsmodellen, Interpretationsskizzen, Wort- und Sacherläuterungen und Literaturhinweisen gespickt sind.«
Frankfurter Allgemeine Zeitung

Ingeborg Bachmann. Malina. Kommentar: Monika Albrecht und Dirk Göttsche. SBB 56. 389 Seiten

Jurek Becker. Jakob der Lügner. Kommentar: Thomas Kraft. SBB 15. 351 Seiten

Thomas Bernhard
- Amras. Kommentar: Bernhard Judex. SBB 70. 144 Seiten
- Erzählungen. Kommentar: Hans Höller. SBB 23. 171 Seiten
- Heldenplatz. Kommentar: Martin Huber. SBB 124. 205 Seiten

Marcel Beyer. Flughunde. Kommentar: Christian Klein. SBB 125. 347 Seiten

Bertolt Brecht
- Der Aufstieg des Arturo Ui. Kommentar: Annabelle Köhler. SBB 55. 182 Seiten

NF 279b/2/5.13

NF 279b/3/5.13

Gert Ledig. Vergeltung. Kommentar: Florian Radvan.
SBB 51. 233 Seiten

Gotthold Ephraim Lessing
- Emilia Galotti. Kommentar: Axel Schmitt. SBB 44. 171 Seiten
- Minna von Barnhelm. Kommentar: Maria Luisa Wandruszka.
  SBB 73. 172 Seiten
- Miß Sara Sampson. Kommentar: Axel Schmitt.
  SBB 52. 170 Seiten
- Nathan der Weise. Kommentar: Wilhelm Große.
  SBB 41. 238 Seiten

Molière. Der eingebildete Kranke. Kommentar: Andrea Neuhaus. SBB 123. 118 Seiten.

Robert Musil. Die Verwirrungen des Zöglings Törleß. Kommentar: Oliver Pfohlmann. SBB 130. 290 Seiten

Novalis. Heinrich von Ofterdingen. Kommentar: Andrea Neuhaus. SBB 80. 254 Seiten

Ulrich Plenzdorf. Die neuen Leiden des jungen W. Kommentar: Jürgen Krätzer. SBB 39. 157 Seiten

Rainer Maria Rilke. Die Aufzeichnungen des Malte Laurids Brigge. Kommentar: Hansgeorg Schmidt-Bergmann.
SBB 17. 299 Seiten

Joseph Roth. Hiob. Roman eines einfachen Mannes. Kommentar: Heribert Kuhn. SBB 112. 268 Seiten

Friedrich Schiller
- Kabale und Liebe. Kommentar: Wilhelm Große. SBB 10. 175 Seiten
- Maria Stuart. Kommentar: Wilhelm Große. SBB 53. 220 Seiten

- Die Räuber. Kommentar: Wilhelm Große. SBB 67. 272 Seiten
- Wilhelm Tell. Kommentar: Wilhelm Große. SBB 30. 196 Seiten

Arthur Schnitzler
- Lieutenant Gustl. Kommentar: Ursula Renner-Henke.
  SBB 33. 162 Seiten
- Traumnovelle. Kommentar: Andrea Neuhaus. SBB 113.
  139 Seiten

Shakespeare. Romeo und Julia. Kommentar: Werner Frizen und Detlef Klein. SBB 115. 232 Seiten

Theodor Storm. Der Schimmelreiter. Kommentar: Heribert Kuhn. SBB 9. 199 Seiten

Martin Walser. Ein fliehendes Pferd. Kommentar: Helmuth Kiesel. SBB 35. 164 Seiten

Frank Wedekind. Frühlings Erwachen. Kommentar: Hansgeorg Schmidt-Bergmann. SBB 21. 148 Seiten

Peter Weiss
- Abschied von den Eltern. Kommentar: Axel Schmolke.
  SBB 77. 192 Seiten
- Die Ermittlung. Kommentar: Marita Meyer. SBB 65. 304 Seiten
- Die Verfolgung und Ermordung Jean Paul Marats.
  Kommentar: Arnd Beise. SBB 49. 180 Seiten

Christa Wolf
- Der geteilte Himmel. Kommentar: Sonja Hilzinger.
  SBB 87. 320 Seiten
- Kein Ort. Nirgends. Kommentar: Sonja Hilzinger. SBB 75.
  158 Seiten
- Medea. Kommentar: Sonja Hilzinger. SBB 110. 255 Seiten